D0681103

Écrivain marocain de langue française, Tahar Ben Jelloun est né en 1944. Il a publié de nombreux romans, recueils de poèmes et essais. Il a obtenu le prix Goncourt en 1987 pour *La Nuit sacrée*, ainsi que le prix international Impac en 2004 pour *Cette aveuglante absence de lumière*, l'une des plus prestigieuses récompenses littéraires.

Tahar Ben Jelloun

LA NUIT
SACRÉE

ROMAN

Éditions du Seuil

TEXTE INTÉGRAL

ISBN 978-2-02-025583-7
(ISBN 2-02-009716-8, édition brochée)
(ISBN 2-02-010795-3, 1re publication poche)

Préambule

Ce qui importe c'est la vérité.

A présent que je suis vieille, j'ai toute la sérénité pour vivre. Je vais parler, déposer les mots et le temps. Je me sens un peu lourde. Ce ne sont pas les années qui pèsent le plus, mais tout ce qui n'a pas été dit, tout ce que j'ai tu et dissimulé. Je ne savais pas qu'une mémoire remplie de silences et de regards arrêtés pouvait devenir un sac de sable rendant la marche difficile.

J'ai mis du temps pour arriver jusqu'à vous. Amis du Bien ! La place est toujours ronde. Comme la folie. Rien n'a changé. Ni le ciel ni les hommes.

Je suis heureuse d'être enfin là. Vous êtes ma délivrance, la lumière de mes yeux. Mes rides sont belles et nombreuses. Celles sur le front sont les traces et les épreuves de la vérité. Elles sont l'harmonie du temps. Celles sur le dos des mains sont les lignes du destin. Regardez comme elles se croisent, désignent des chemins de fortune, dessinant une étoile après sa chute dans l'eau d'un lac.

L'histoire de ma vie est écrite là : chaque ride est un siècle, une route par une nuit d'hiver, une source d'eau claire un matin de brume, une rencontre dans une forêt, une rupture, un cimetière, un soleil incendiaire... Là, sur le dos de la main gauche, cette ride est une cicatrice ; la mort s'est arrêtée un jour et m'a tendu une espèce de perche. Pour me sauver peut-être. Je l'ai repoussée en lui tournant le dos. Tout es. simple à condition de ne pas se mettre à détourner le cours du fleuve. Mon histoire n'a ni grandeur ni tragédie. Elle est simplement étrange. J'ai vaincu toutes les violences pour mériter la passion et être une énigme. J'ai longtemps marché dans le désert ; j'ai arpenté la nuit et apprivoisé la douleur. J'ai connu « la lucide férocité des meilleurs jours », ces jours où tout semble paisible.

Amis du Bien ! Ce que je vais vous confier ressemble à la vérité. J'ai menti. J'ai aimé et trahi. J'ai traversé le pays et les siècles. Je me suis souvent exilée, solitaire parmi les solitaires. Je suis arrivée à la vieillesse par une journée d'automne, le visage rendu à l'enfance, je veux dire cette innocence dont j'ai été privée. Rappelez-vous ! J'ai été une enfant à l'identité trouble et vacillante. J'ai été une fille masquée par la volonté d'un père qui se sentait diminué, humilié parce qu'il n'avait pas eu de fils. Comme vous le savez, j'ai été ce fils dont il rêvait. Le reste, certains d'entre vous le connaissent ; les autres en ont entendu des bribes ici ou là. Ceux qui se sont risqués à raconter la vie de cet enfant de sable et de vent ont eu quelques ennuis : certains ont été frappés d'amnésie ; d'autres ont failli perdre leur âme. On vous a raconté des histoires. Elles ne sont pas vraiment les miennes. Même enfermée et isolée, les nouvelles me parvenaient. Je n'étais ni étonnée ni troublée. Je savais qu'en disparaissant, je laissais derrière moi de quoi alimenter les contes les plus extravagants. Mais comme ma vie n'est pas un conte, j'ai tenu à rétablir les faits et à vous livrer le secret gardé sous une pierre noire dans une maison aux murs hauts au fond d'une ruelle fermée par sept portes.

1

État des lieux

Après sa confession, le conteur avait de nouveau disparu. Personne n'avait essayé de le retenir ou de discuter avec lui. Il s'était levé, ramassant son manuscrit jauni, lavé par la lune, et sans se retourner, il s'était fondu dans la foule.

Ceux qui l'avaient écouté étaient ébahis. Ils ne savaient quoi penser de cet homme, conteur illustre et bien-aimé de la ville. Il commençait une histoire puis l'abandonnait, revenait non pour la poursuivre mais pour leur dire qu'il ne fallait pas la raconter, parce qu'il était possédé par le malheur.

Certains n'étaient plus sous le charme. Ils doutaient. Ils n'aimaient pas ces silences faits d'absence et d'attente. Ils n'avaient plus confiance en cet homme dont ils buvaient jadis les paroles. Ils étaient persuadés qu'il avait perdu la mémoire et qu'il n'osait pas l'avouer. Un conteur sans mémoire, certes, mais pas sans imagination. La preuve, il avait surgi du désert, le visage noirci par le soleil, les lèvres fendues par la soif et la chaleur, les mains durcies par le transport des pierres, la voix enrouée comme si sa gorge avait été traversée par une tempête de sable et de cristaux, le regard porté sur une ligne haute et lointaine. Il parlait à quelqu'un, invisible, mais qui serait juché sur un trône posé sur les nuages. Il s'adressait à lui comme pour le prendre à témoin. Le public suivait ses gestes et son regard. Il ne voyait rien. Certains imaginaient un vieillard sur un chameau faisant un geste de la main pour ne pas entendre le conteur.

Il bredouillait des phrases incompréhensibles. Ce n'était pas surprenant. Il truffait souvent son récit de mots d'une langue inconnue. Il le faisait tellement bien que les gens comprenaient ce qu'il voulait dire. Ils riaient aussi. Mais là, il n'y avait que ces phrases inachevées, hachées, pleines de cailloux et de salive. Sa langue roulait puis se nouait. Le conteur en rougissait. Il voyait bien qu'il perdait non pas la raison — ce n'était pas sa passion —, mais son public. Un couple s'était levé et partit sans rien dire. Il fut suivi par deux hommes mécontents et qui maugréaient. C'était mauvais signe. Jamais on ne quittait le cercle de Bouchaïb. Jamais on ne partait insatisfait. Son regard descendit du point haut et lointain, et suivit les partants avec tristesse ; il ne comprenait pas pourquoi on s'en allait ni pourquoi on ne l'écoutait plus. On ne le croyait plus. Cela, il ne pouvait l'admettre. Lorsqu'on a été le conteur, maître incontesté de la grande place, l'hôte des rois et des princes, lorsqu'on a formé une génération de troubadours et vécu une année à La Mecque, on n'essaie pas de retenir ou de rappeler ceux qui quittent le cercle. Non, Bouchaïb ne s'abaisse pas ; il ne transige pas avec la dignité et la fierté. « Libre à ces gens de partir, se disait-il ; ma tristesse n'a plus de fond ; elle s'est transformée en un sac de pierres que je porterai jusqu'à ma tombe ! »

J'étais là, enveloppée dans ma vieille djellaba ; je

l'observais et ne disais rien. Et qu'aurais-je pu dire pour lui témoigner mon affection? Quel geste aurais-je dû faire sans trahir le secret qu'il gardait et dont j'étais l'incarnation? Je savais trop de choses et ma présence dans ce lieu n'était pas le fait du hasard. Je revenais de loin. Nos regards se croisèrent. Ses yeux brillaient de cette intelligence qui suscite la peur. C'était un regard affolé, possédé par l'indéfinissable. Il était suspendu. Il reconnut en moi le spectre d'une époque d'infortune. Les mains derrière le dos, il tournait en rond. Moi, j'étais calme ; j'attendais avec la patience des sages. Ses yeux se reposèrent sur moi avec une inquiétude accrue. M'aurait-il repérée, lui qui ne m'avait jamais vue auparavant? Il m'avait donné un visage, des traits et un tempérament. C'était l'époque de la fabulation. J'étais sa créature rebelle, insaisissable. La folie avait déjà fait des trous dans sa mémoire. La folie ou l'imposture.

Avec le temps et les péripéties que j'avais vécues, plus rien ne m'étonnait ni ne me choquait. J'étais arrivée la veille à Marrakech, décidée à rencontrer le conteur que mon histoire avait ruiné. Par intuition, je sus où était sa place et reconnus son public. Je l'attendis comme on attend un ami qui a trahi ou un amant coupable. J'avais passé la nuit dans une chambre située au-dessus du marché aux grains. Cela sentait la poussière et l'urine des mulets. Je me réveillai avec la première lueur du soleil et fis ma toilette à la fontaine de la mosquée. Rien n'avait changé. Tout était à sa place. La gare routière était toujours aussi noire qu'un four à pain. Le café n'avait toujours pas de portes. Le garçon, mal rasé, portant une espèce de smoking mille fois repassé, rendu brillant par les taches de graisse, les cheveux gominés et le nœud papillon mal ajusté, prétendit lui aussi me reconnaître. C'était là une de ses manières : appeler les clients par leur prénom. Il ne doutait jamais. Il vint vers moi et, comme si nous nous connaissions depuis des années, me dit :

— Un café à la cannelle, bien chaud, et une galette de maïs, mère Fadila, comme d'habitude...

Il partit. Je n'eus même pas le temps de lui dire : « Je ne m'appelle pas Fadila ; je déteste la cannelle dans le café et je préfère du pain d'orge à ta galette de maïs... »

Je pris mon petit déjeuner à côté d'un routier de la Chaouia qui mangea une tête de mouton cuite à la vapeur, but une théière entière de thé à la menthe et à la chiba, puis rota plusieurs fois en remerciant Dieu et Marrakech de lui avoir servi un si bon repas matinal. Il me regarda comme s'il voulait partager avec moi sa satisfaction. Je souris en chassant de la main la fumée de kif qu'il m'envoyait au visage. Quand il vit une jeune fille passer devant nous sur une Mobylette, il se lissa la moustache avec l'air de dire qu'après un tel petit déjeuner une petite, vierge de préférence, porterait son bonheur à son comble.

Après s'être curé les dents, il donna la carcasse à un groupe d'enfants mendiants qui se retirèrent dans un coin et avalèrent ce qu'il en restait. Il prit son camion, fit demi-tour et revint en face du café :

— A la semaine prochaine, Charlot ! lança-t-il en direction du garçon.

En partant, je demandai au garçon quel était ce personnage.

— Un grossier personnage ! Il se croit tout permis. Il m'appelle Charlot à cause de mon costume trop grand pour moi, il salit la table et crache par terre. En plus il se croit beau et séduisant. Tout cela parce qu'un jour une touriste allemande est montée avec lui dans son camion. Ils ont fait des saloperies et il s'en est vanté toute l'année. Depuis, à l'aller comme au retour, il s'arrête pour avaler sa tête de mouton. Voyez-vous, mère Fadila, ce genre de bonhomme, vaut mieux qu'il ne quitte jamais son camion...

La place était déserte. Comme une scène de théâtre elle allait petit à petit se remplir. Les premiers à s'y installer furent les Sahraouis, marchands de toutes les poudres : épices, henné, menthe sauvage, chaux, sable et autres produits magiques moulus et raffinés. Ils furent suivis par les bouquinistes. Ils étalèrent leurs manuscrits jaunes et brûlèrent de l'encens.

Et puis il y avait ceux qui ne vendaient rien. Ils s'asseyaient par terre en croisant les jambes et attendaient. Les conteurs s'installaient en dernier. Chacun avait son rituel.

Un homme grand, sec et mince, commença par dénouer son turban ; il le secoua ; du sable fin en tomba. Cet homme venait du Sud. Il s'assit sur une petite valise en contre-plaqué et tout seul, sans le moindre auditeur, se mit à raconter. Je le voyais de loin parler et gesticuler comme si le cercle était fermé et bien rempli. Je m'en approchai et arrivai au milieu d'une phrase : « ... la saveur du temps léchée par une meute de chiens. Je me retournai, et que vis-je ? Dites-moi, compagnons fidèles, devinez, amis de la Bonté, qui était là devant moi, majestueux sur sa jument argentée, grand dans toutes les épreuves, fier et beau ? Le temps a une saveur fade. Le pain est rassis. La viande est avariée. Le beurre de la

13

chamelle est rance... rance comme l'époque ô amis qui
passez... On dit la vie et le vautour solitaire surgit... »
J'étais sa seule cliente. Il s'arrêta puis vint vers moi et me
dit sur le ton de la confidence :

— Si vous cherchez quelqu'un je peux vous aider.
D'ailleurs je suis peut-être celui que vous aimeriez
retrouver. Mon histoire est belle. Il est trop tôt pour la
conter. J'attendrai. Alors c'est un fils ou un mari que
vous cherchez ? Si c'est un fils il doit être en Inde ou en
Chine. Un mari, c'est plus facile. Il doit être vieux, et les
vieux traînent à la mosquée ou au café. Mais je vois que
ce n'est ni l'un ni l'autre qui vous intéresse. Votre silence
me dit... Qu'est-ce qu'il me dit ? Ah ! que vous serrez
contre votre cœur un secret et qu'il ne faut pas vous
importuner davantage. Vous êtes de la race des gens
d'honneur. Avec vous pas de palabres. Amie, bonne
route et laissez-moi fermer mon cercle...

Je partis sans me retourner, attirée par les gestes
amples et gracieux d'un jeune homme qui déballait une
malle. Il en sortait des objets disparates en les commen-
tant, dans le but de reconstituer une vie, un passé, une
époque :

— Nous avons là des bribes d'un destin. Cette malle
est une maison. Elle a abrité plusieurs vies. Cette canne
ne peut être le témoin du temps. Elle est sans âge et elle
vient d'un noyer qui n'a plus de souvenirs. Elle a dû
guider des vieillards et des borgnes. Elle est lourde et
sans mystère. Regardez à présent cette montre. Les
chiffres romains sont pâles. La petite aiguille est bloquée
sur midi ou minuit. La grande se promène toute seule.
Le cadran est jaune. A-t-elle appartenu à un négociant,
un conquérant ou un savant ? Et ces chaussures dépareil-

lées ? Elles sont anglaises. Elles ont mené leur propriétaire dans des lieux sans boue ni poussière. Et ce robinet en cuivre argenté. Il viendrait d'une belle demeure. La malle est muette. Il n'y a que moi pour l'interroger. Tiens, une photographie. Le temps a fait son travail. Une photo de famille signée « Lazarre 1922 ». C'est le père — peut-être grand-père — qui se tient au milieu. Sa redingote est belle. Ses mains sont posées sur une canne en argent. Il regarde le photographe. Sa femme est assez effacée. On ne la voit pas bien. Sa robe est longue. Un petit garçon, un nœud papillon sur une vieille chemise, est assis aux pieds de la mère. A côté, c'est un chien. Il est fatigué. Une jeune femme est debout, un peu isolée. Elle est belle. Elle est amoureuse. Elle pense à l'homme de son cœur. Il est absent, en France ou aux Antilles. J'aime imaginer cette histoire entre cette jeune femme et son amoureux. Ils habitent à Guéliz. Le père est contrôleur civil dans l'administration coloniale. Il fréquente le pacha de la ville, le fameux Glaoui. Ça se voit sur son visage. Il y a quelque chose d'écrit sur le dos de la photo. « Un après-midi de bon... avril 1922. » Regardez à présent ce chapelet... du corail, de l'ambre, de l'argent... Il a dû appartenir à un imam. Peut-être que la femme le portait comme collier... Des pièces de monnaie... un rial troué... un centime... un franc marocain... Des billets de banque qui n'ont plus de valeur... Un dentier... Une brosse... Un bol en porcelaine... Un album de cartes postales... J'arrête de sortir ces objets... Nous en avons assez de déposer dans la malle ce qui vous encombre... Je suis preneur, surtout de pièces de monnaie !

Je sortis de ma poche une bague et la jetai dans

la malle. Le conteur l'examina puis me la rendit :
— Reprends ta bague ! C'est un bijou rare ; elle vient
d'Istanbul. Et puis j'ai déchiffré quelque chose que je
préfère ignorer. C'est une bague précieuse ; elle est
chargée ; elle est lourde de souvenirs et de voyages.
Pourquoi veux-tu t'en débarrasser ? Aurait-elle trempé
dans quelque malheur ? Non, si tu veux donner quelque
chose, ouvre ton porte-monnaie, sinon ne donne rien.
Mieux vaut que tu t'en ailles !

Sans rien répondre, je quittai le cercle sous les regards
inquiets. Il m'arrivait de temps en temps de rencontrer
sur mon chemin des êtres qui réagissaient violemment à
ma présence, à une attitude ou à un geste. Je me disais
alors que nous devions être de la même trempe, que nos
sensibilités étaient tissées par les mêmes fibres. Je ne
leur en voulais pas. Je m'en allais en silence avec la
conviction que nos yeux se recroiseraient dans un même
élan.

Tout en repensant au destin de cette famille de colons
français sortie en pièces éparses de la malle, je vis une
femme tourner sur elle-même pour dérouler l'immense
haïk blanc qui lui servait de djellaba. Cette façon de se
dévoiler, exécutée comme une danse, avait quelque
chose d'érotique. Je le sentis tout de suite en remarquant
le mouvement subtil, à peine rythmé, des hanches. Elle
levait les bras lentement presque à faire bouger ses seins.
Un cercle de curieux se forma très vite autour d'elle. Elle
était encore jeune et surtout très belle. De grands yeux
noisette, une peau brune et mate, des jambes fines et un
air de malice dans son sourire. Qu'était-elle venue faire
sur cette place réservée aux hommes et à quelques
vieilles mendiantes ? Nous étions tous en train de nous

16

poser la question, quand elle introduisit une cassette de musique berbère dans un transistor, fit quelques pas de danse, puis sortit un micro à piles et nous dit :

— Je viens du Sud, je viens du crépuscule, je descends de la montagne, j'ai marché, j'ai dormi dans des puits, j'ai traversé les nuits et les sables, je viens d'une saison hors du temps, consignée dans un livre, je suis ce livre jamais ouvert, jamais lu, écrit par les ancêtres, gloire à eux, les ancêtres qui m'envoient pour vous dire, vous prévenir, vous dire et vous dire. N'approchez pas trop. Laissez la brise lire les premières lettres du livre. Vous n'entendez rien. Faites le silence et écoutez-moi : il était une fois un peuple de Bédouins, caravaniers et poètes, un peuple rude et fier qui se nourrissait de lait de chamelle et de dattes ; gouverné par l'erreur, il inventait ses dieux... Certains de peur du déshonneur et de la honte se débarrassaient de leur progéniture femelle ; ils la mariaient dans l'enfance ou l'enterraient vivante. A ceux-là fut promis l'enfer éternel. L'islam les dénonça. Dieu a dit : « Parmi les Bédouins qui vous entourent et parmi les habitants de Médine, il y a des hypocrites obstinés. Tu ne les connais pas ; nous, nous les connaissons. Nous allons les châtier deux fois, puis ils seront livrés à un terrible châtiment. » Si je parle aujourd'hui par versets et paraboles, c'est parce que j'ai longtemps entendu des paroles qui ne venaient pas du cœur, qui n'étaient écrites dans aucun livre mais provenaient des ténèbres qui perpétuaient l'erreur...

Il y eut dans la foule de légers mouvements d'étonnement et d'incompréhension. Certains murmuraient, d'autres haussaient les épaules. Une voix s'éleva :

— Nous sommes venus pour écouter de la musique et

17

vous voir danser... Nous ne sommes pas à la mosquée, ici...

Un homme, jeune et séduisant, intervint :

— Je suis heureux de vous écouter, madame. Ne faites pas attention à ces réactions ; elles sont exprimées par les cousins des Bédouins !

Un autre jeune homme :

— Un conte est un conte, pas un prêche ! Et puis, depuis quand des femmes qui ne sont pas encore âgées osent-elles s'exhiber ainsi ? Vous n'avez ni père, ni frère ou mari pour vous empêcher de nuire ?

Comme elle s'attendait à ce genre de commentaires, elle s'adressa au dernier intervenant sur un ton doucereux et ironique :

— Serais-tu le frère que je n'ai pas eu, ou l'époux dévasté par la passion au point d'oublier son corps tremblant entre des jambes grasses et velues ? Serais-tu cet homme qui accumule les images interdites pour les sortir dans la solitude froide et les froisser sous son corps sans amour ? Ah ! tu es peut-être le père disparu, emporté par la fièvre et la honte, ce sentiment de malédiction qui t'a exilé dans les sables du Sud ?

Elle se pencha en riant, prit un bout de son haïk qu'elle accrocha à la taille puis demanda au jeune homme de tenir l'autre bout. Elle tourna lentement en bougeant à peine ses pieds jusqu'à s'enrouler entièrement :

— Merci ! Que Dieu te remette sur la bonne voie ! Tu as de beaux yeux ; rase cette moustache ; la virilité est ailleurs, pas sur le corps, peut-être dans l'âme ! Adieu... J'ai d'autres livres à ouvrir...

Elle me regarda, médusée, puis me dit :

— D'où viens-tu, toi qui ne dis rien ?

Sans attendre de réponse elle s'en alla puis disparut. J'aurais aimé lui raconter ma vie. Elle en aurait fait un livre qu'elle aurait promené de village en village. Je l'imagine bien ouvrant une à une les portes de mon histoire et gardant pour elle l'ultime secret.

Je m'étais assoupie au soleil. Un vent froid chargé de poussière me réveilla. Je me demandai si j'avais rêvé cette jeune femme ou si je l'avais vraiment vue et entendue. J'étais entourée d'un auditoire varié et attentif. Les gens pensèrent que je jouais, que je faisais semblant de dormir, ou que je réfléchissais, partie à la recherche des bribes d'une histoire. Il m'était difficile de me lever et de quitter la place. Lorsque j'ouvris les yeux, ils firent silence et tendirent l'oreille. Je résolus de leur dire quelques mots pour ne pas les décevoir totalement.

— Amis ! La nuit s'est prolongée derrière mes paupières. Elle faisait le ménage dans ma tête qui s'est beaucoup fatiguée dernièrement. Des voyages, des routes, des cieux sans étoiles, des rivières en crue, des paquets de sable, des rencontres inutiles, des maisons froides, des visages humides, une longue marche... Je suis là depuis hier, poussée par le vent, consciente d'être arrivée à la dernière porte, celle que personne n'a ouverte, celle réservée aux âmes déchues, la porte à ne pas nommer, car elle donne sur le silence, dans cette maison où les questions tombent en ciment entre les pierres. Imaginez une demeure où chaque pierre est un jour, faste ou funeste, qu'entre les pierres des cristaux se sont solidifiés, que chaque grain de sable est une pensée peut-être même une note de musique. L'âme qui pénètre dans cette maison est nue. Elle ne peut mentir ou se travestir. La vérité l'habite. Toute parole fausse, prononcée volontairement ou par erreur, est une dent qui tombe. J'ai encore toutes mes dents parce que je suis au seuil de cette maison. Si je vous parle je ferai attention. Je serai à l'intérieur. Vous me verrez. J'apparaîtrai telle que je suis devant vous : un corps enveloppé dans cette djellaba qui me protège. Vous ne verrez peut-être pas la maison. En tout cas pas au début. Mais peu à peu vous y serez admis au fur et à mesure que le secret deviendra moins obscur, jusqu'à la nudité invisible. Amis, je vous dois cette histoire. Je suis arrivée au moment où le conteur chargé de la dire est tombé dans une de ces trappes, victime de son propre aveuglement. Il s'est laissé prendre dans les fils tissés par l'araignée endormie. Il a ouvert des portes dans des murailles et les a abandonnées. Il a disparu au milieu du fleuve, laissant ma vie en suspens. J'ai donné mon corps à l'eau du fleuve. J'ai été emportée par tant et tant de courants. J'ai résisté. Je me suis battue. De temps en temps l'eau me jetait sur une rive puis me reprenait à la première crue. Je n'avais plus le temps de penser ni d'agir. A la fin je me laissais faire. Mon corps se purifiait ; il changeait. Je vous parle aujourd'hui d'une époque lointaine. Mais je me souviens de tout avec une précision étonnante. Si j'utilise des images c'est parce que nous ne nous connaissons pas encore. Vous verrez, dans ma maison les mots tombent comme des gouttes d'acide. J'en sais quelque chose : ma peau en témoigne. Mais nous n'en sommes pas là. Des portes vont s'ouvrir, peut-être pas dans l'ordre, mais ce que je vous demanderai c'est de me suivre et de ne pas être impatients. Le temps est ce que nous sommes. Il est sur notre visage, dans nos silences, dans notre attente. Méritons le temps de la patience et des jours où rien n'arrive.

2

La Nuit du Destin

Ce fut au cours de cette nuit sacrée, la vingt-septième du mois de ramadan, nuit de la « descente » du Livre de la communauté musulmane, où les destins des êtres sont scellés, que mon père, alors mourant, me convoqua à son chevet et me libéra. Il m'affranchit comme on faisait autrefois avec les esclaves. Nous étions seuls, la porte verrouillée. Il me parlait à voix basse. La mort était là ; elle rôdait dans cette chambre à peine éclairée par une bougie. A mesure que la nuit avançait, la mort se rapprochait, emportant peu à peu l'éclat de son visage. On aurait dit qu'une main passait sur son front et le lavait des traces de la vie. Il était serein et continua à me parler jusqu'au petit matin. On entendait les appels permanents à la prière et à la lecture du Coran. C'était la nuit des enfants. Ils se prenaient pour des anges ou des oiseaux du paradis, sans destin. Ils jouaient dans les rues, et leurs cris se mêlaient à ceux du muezzin qui hurlait dans le micro pour mieux être entendu de Dieu. Mon père esquissa un sourire comme pour dire que ce muezzin n'était qu'un pauvre homme récitant le Coran sans rien y comprendre.

J'étais assise sur un coussin au bas du lit. J'avais ma

tête à côté de celle de mon père. Je l'ai écouté sans l'interrompre.

Son souffle effleurait ma joue. Son haleine fétide ne me gênait pas. Il parlait lentement :

— Sais-tu qu'en cette nuit aucun enfant ne devrait mourir ni souffrir. Parce que cette « nuit vaut mieux que mille mois ». Ils sont là pour recevoir les anges envoyés par Dieu : « Les Anges et l'Esprit descendent durant cette Nuit, avec la permission de leur Seigneur, pour régler toute chose. » C'est la Nuit de l'Innocence, mais les enfants ne sont point innocents. Ils sont même terribles. Si la nuit est à eux, elle sera aussi à nous, à nous deux. Ce sera la première et la dernière. La vingt-septième nuit de ce mois est propice à la confession et peut-être au pardon. Mais comme les anges vont être parmi nous pour mettre de l'ordre, je serai prudent. Je voudrais remettre les choses à leur place avant qu'ils ne s'en mêlent. Ils peuvent être sévères sous leur apparence de légèreté immaculée. Mettre de l'ordre c'est commencer par reconnaître l'erreur, cette méchante illusion qui a fait régner la malédiction sur toute la famille. Donne-moi un peu d'eau, ma gorge est sèche. Dis-moi, quel âge as-tu ? Je ne sais plus compter...

— Presque vingt ans...

— Vingt ans de mensonge, et le pire c'est moi qui mentais, toi tu n'y es pour rien, pour rien ou presque. Enfin l'oubli n'est même plus une passion, c'est devenu une maladie. Excuse-moi, mais je voudrais te dire ce que je n'ai jamais osé avouer à personne, pas même à ta pauvre mère, oh ! surtout pas ta mère, une femme sans caractère, sans joie, mais tellement obéissante, quel ennui ! Être toujours prête à exécuter les ordres, jamais de révolte, ou peut-être se rebellait-elle dans la solitude et en silence. Elle avait été éduquée dans la pure tradition de l'épouse au service de son homme. Je trouvais ça normal, naturel. Peut-être que sa révolte était dans une vengeance non déclarée : elle tombait enceinte année après année et me donnait fille sur fille ; elle m'encombrait avec sa progéniture jamais désirée ; j'encaissais ; je renonçais à la prière et je refusais tout ce qui venait d'elle. Quand il m'arrivait d'aller à la mosquée, au lieu de faire l'une des cinq prières, je me mettais à élaborer des plans très compliqués pour sortir de cette situation où personne n'était heureux. J'avoue aujourd'hui avoir eu des envies de meurtre. Et le fait d'avoir des pensées mauvaises dans un lieu sacré, lieu de vertu et de paix, m'excitait. Je passais en revue toutes les possibilités du crime parfait. Ah ! j'étais méchant mais faible. Or le mal ne souffre pas la faiblesse. Le mal tire sa puissance de la détermination qui ne regarde pas en arrière, qui n'hésite pas. Or moi, je doutais. A l'époque où l'épidémie de typhus s'était répandue dans le pays j'avais essayé de favoriser son entrée à la maison. Je ne donnais pas à ta mère et à tes sœurs les vaccins et autres médicaments qu'on nous distribuait. Moi, je les avalais ; je devais rester vivant pour les enterrer et pour refaire ma vie. Quelle lâcheté, quelle misère ! Le hasard et le destin éloignèrent la maladie de la maison. Le typhus frappait nos voisins immédiats, contournait notre maison, poursuivant son ouvrage de mort. Ô ma fille, j'ai honte de ce que je te dis. Mais en cette nuit sacrée, la vérité se manifeste en nous avec notre accord ou à notre insu. Et toi tu dois m'écouter même si cela te fait mal. Une sorte de malédiction s'était installée dans la famille.

Mes frères intriguaient autant qu'ils pouvaient. Ils me vouaient une haine à peine voilée. Leurs paroles et leurs formules de politesse m'exaspéraient. Je ne supportais plus leur hypocrisie. Au fond, quand je m'isolais dans la mosquée, mon esprit se mettait à avoir les mêmes idées qu'eux. A leur place j'aurais probablement eu les mêmes pensées, les mêmes envies, les mêmes jalousies. Mais ils n'étaient jaloux que de ma fortune, pas de mes filles. Verse-moi un peu de thé, la nuit sera longue. Tire les rideaux ; peut-être qu'on entendra moins cet imbécile qui braille. La religion doit être vécue dans le silence et le recueillement, pas dans ce vacarme qui déplaît profondément aux Anges du Destin. Tu te rends compte, quel travail ils doivent accomplir en l'espace de quelques heures ? Nettoyer ! Remettre de l'ordre ! En tout cas ils sont efficaces. Je sens qu'ils sont présents dans cette pièce. Je les aide à nettoyer. Je voudrais partir propre, lavé de cette honte que j'ai portée en moi durant une bonne partie de ma vie. Quand j'étais jeune, j'avais de l'ambition : voyager, découvrir le monde, devenir musicien, avoir un fils, être son père et son ami, me consacrer à lui, lui donner toutes les chances pour réaliser sa vocation... Je m'étais nourri d'un espoir fou, jusqu'à l'obsession. Je ne pouvais partager cet espoir avec personne. Ta mère n'avait aucun désir. Éteinte. Elle a toujours été éteinte, fanée. A-t-elle été un jour heureuse ? Je me le demande encore. Et moi je n'étais pas l'homme capable de lui donner le bonheur, de la faire rire. Non, j'étais moi-même éteint ; j'étais cerné par une sorte de malédiction. Je décidai de réagir. Seule l'arrivée d'un fils pouvait me donner la joie et la vie. Et l'idée de concevoir cet enfant, même en allant à l'encontre de la volonté divine, changeait ma vie. A l'égard de ta mère et de ses filles, j'étais toujours le même. Indifférent et sans grande indulgence. Mais j'étais mieux avec moi-même. Je n'allais plus à la mosquée élaborer des plans de destruction. Je faisais d'autres plans, pour t'assurer le meilleur, pour rêver en pensant à toi. Je t'imaginais grand et beau. Tu as existé d'abord dans mon esprit, ensuite, en venant au monde, tu as quitté le ventre de ta mère mais pas mon esprit. Tu y es restée toute ta vie, jusqu'à ces derniers temps. Oui je t'imaginais grand et beau. Tu n'es pas grande et ta beauté reste énigmatique... Quelle heure est-il? Non, ne me le dis pas, j'ai toujours su l'heure même en dormant; il doit être trois heures et quelques minutes. Les anges ont dû déjà faire la moitié du travail. Ils vont toujours par deux. Cela surtout pour le transport de l'âme. En fait l'un se pose sur l'épaule droite, l'autre sur la gauche et dans un même élan, un mouvement lent et gracieux, ils emportent l'âme vers le ciel. Mais cette nuit, ils nettoient. Ils n'ont pas le temps de s'occuper du dernier souffle d'un vieillard. J'ai encore quelques heures pour te parler, jusqu'au lever du soleil, après la première prière du jour, une prière courte, juste pour saluer les prémices de la lumière... Ah! je te parlais de ta naissance... Quelle joie, quel bonheur. Quand la sage-femme m'appela pour constater que la tradition avait été bien respectée, j'ai vu, je n'ai pas imaginé ou pensé, mais j'ai vu entre ses bras un garçon et pas une fille. J'étais déjà possédé par la folie. Jamais je n'ai vu en toi, sur ton corps, les attributs féminins. L'aveuglement devait être total. Qu'importe à présent. Je garde en moi, pour l'éternité, le souvenir merveilleux de ta naissance. Apparemment je continuais d'être ce que j'étais : un riche commerçant comblé par cette naissance. Mais au fond, dans mes nuits solitaires, j'étais confronté à l'image insupportable du monstre. Oh ! j'allais et je venais, normalement, mais à l'intérieur le mal ruinait ma santé morale et physique. Le sentiment du péché, puis la faute, puis la peur. Je portais tout cela en moi. Une charge trop lourde. Je me suis détourné de la prière. Je manquais de courage. Et toi tu grandissais dans ton habit de lumière, un petit prince, un enfant sans cette enfance misérable. Il n'était pas question de revenir en arrière et de tout dévoiler. Impossible de donner son dû à la vérité. La vérité, mon fils, ma fille, personne ne la connaîtra. Ce n'est pas simple. C'est curieux comme l'approche de la mort nous rend lucides. Ce que je te dis là ne vient pas de moi, je le lis, je le déchiffre sur un mur blanc où se tiennent les anges. Je les vois. Il faut que je te dise combien j'ai haï ta mère. Je ne l'ai jamais aimée. Je sais qu'il t'est arrivé de te demander si entre ton père et ta mère il y eut de l'amour ? L'amour ! Notre littérature, surtout la poésie, célèbre l'amour et le courage. Non, pas même la tendresse. Il m'arrivait d'oublier complètement son existence, son nom, sa voix. Seul parfois, l'oubli total me permettait de supporter le reste. Le reste c'est les larmes — remarque elle avait la pudeur de pleurer en silence ; je lui reconnais au moins cette qualité ; les larmes coulaient sur ses joues sans que son visage ait la moindre expression — donc les larmes silencieuses, et puis ce visage toujours le même, neutre, plat, une tête couverte d'un fichu, et puis cette lenteur qu'elle avait en marchant, en mangeant ; jamais un rire ou un sourire. Et puis tes sœurs, elles lui ressemblaient toutes. Je me mets en colère ; je sens la fièvre monter, je dois m'arrêter de parler de cette famille. Toi, je t'ai aimée autant que j'ai haï les autres. Mais cet amour était lourd, impossible. Toi, je t'ai conçue dans la lumière, dans une joie intérieure. Pour une nuit, le corps de ta mère n'était plus une tombe, ou un ravin froid. Sous la chaleur de mes mains, il fut ranimé, il devint un jardin parfumé ; pour la première fois un cri de joie ou de jouissance lui échappa. Je savais à ce moment-là que de cette étreinte naîtrait un enfant exceptionnel. Je crois beaucoup aux pensées qui nous habitent et à leur influence au moment d'entreprendre une action importante. A partir de cette nuit je décidai d'être attentif avec ta mère. La grossesse se passa normalement. En rentrant un jour je l'ai surprise en train de soulever une malle chargée. Je me suis précipité pour l'en empêcher ; c'était risqué pour l'enfant de la lumière qu'elle portait pour moi. Tu comprends qu'après l'accouchement je n'eus pour elle aucune attention particulière. Nos rapports faits de silence, de soupirs et de larmes, reprirent leur cours traditionnel. La haine, la vieille haine, muette, intérieure, s'installa comme auparavant. J'étais tout le temps avec toi. Elle, lourde et grosse, s'enfermait dans sa chambre et ne parlait plus. Je crois que cela inquiétait tes sœurs, qui étaient livrées à elles-mêmes. Moi, j'observais la mise en place du drame. Je jouais le jeu de l'indifférence. En fait je ne faisais pas semblant. J'étais réellement indifférent, je me sentais étranger dans cette maison. Toi, tu étais ma joie, ma lumière. J'appris à m'occuper d'un enfant. Cela ne se fait pas chez nous. Et pourtant, je te considérais comme un demi-orphelin. Après la circoncision et la mascarade, je commençais à perdre un peu la tête. Ma passion était contaminée par le doute. A mon tour je m'isolais, je sombrais dans le mutisme. Enfant gai et insouciant, tu allais de chambre en chambre. Tu inventais des jeux ; toujours solitaire ; il t'arrivait même de jouer à la poupée. Tu te déguisais en fille, puis en infirmière, puis en maman. Tu aimais les déguisements. Que de fois je dus te rappeler que tu étais un petit homme, un garçon. Tu me riais au nez. Tu te moquais de moi. L'image que j'avais de toi se perdait, puis me revenait, troublée par tes jeux. Le vent la soulevait comme une couverture posée sur un trésor. Le vent fort l'emportait. Tu apparaissais alors désemparée, affolée, puis tu retrouvais ta sérénité... Que de sagesse dans ce petit corps qui échappait à toutes les caresses. Te souviens-tu de mes angoisses quand tu jouais à disparaître ? Tu te cachais dans le coffre en bois peint pour échapper à la vue de Dieu. Depuis qu'on t'avait appris que Dieu était partout, qu'il savait tout et voyait tout, tu faisais n'importe quelle acrobatie pour te soustraire à sa présence. Tu en avais peur ou tu faisais semblant, je ne sais plus...

Ses yeux se fermèrent sur ce doute. Son visage penché était contre le mien. Il dormait. Je surveillais son souffle. Sa respiration faible faisait à peine bouger la couverture épaisse en laine blanche. J'étais aux aguets, j'attendais le dernier souffle, l'ultime soupir qui évacue l'âme. Je pensais qu'il fallait entrouvrir la fenêtre pour la laisser passer. Au moment où je m'apprêtais à me lever, il s'agrippa à mon bras. Du fond de son sommeil il me retenait. J'étais de nouveau prisonnière d'un de ses plans. Un sentiment de malaise et de peur m'envahissait.

J'étais prise dans les griffes d'un mourant. La lumière de la bougie faiblissait. Le matin s'approchait lentement du ciel. Les étoiles devaient pâlir. Je pensais alors à ce qu'il me racontait. Quel pardon pouvais-je lui accorder ? Celui du cœur, de la raison ou de l'indifférence ? Le cœur s'était déjà bien durci ; le peu d'humanité qui y restait, je le gardais en réserve ; la raison m'empêchait déjà de quitter le chevet de cet homme négociant avec la mort ; l'indifférence ne donne rien et donne tout, et puis je n'étais pas dans cet état de négligence de soi. J'étais obligée d'écouter les dernières paroles de cet homme et de surveiller son sommeil. J'avais peur de m'assoupir et de me réveiller la main dans la main avec la mort. Dehors il n'y avait plus de chants coraniques. Les enfants étaient rentrés. Les prières étaient terminées. La Nuit du Destin allait rendre les clés de la ville au jour. La lumière faible, douce et subtile se posait lentement sur les collines, sur les terrasses, sur les cimetières. Le canon annonçant le lever du soleil et le début du jeûne tonna. Mon père se réveilla en sursaut. Sur son visage, il n'y avait plus la peur, mais la panique. Son heure, comme on dit, était arrivée. Pour la première fois j'assistais au travail de la mort. Elle ne néglige rien, passant et repassant sur le corps étendu. Tout être essaie de résister. Mon père suppliait du regard ; il demandait encore une heure, encore quelques minutes ; il avait encore quelque chose à me dire :

— J'ai dormi un peu et j'ai vu l'image de mon frère ; son visage était à moitié jaune et à moitié vert ; il riait, je crois qu'il se moquait de moi ; sa femme se tenait derrière lui et le poussait ; il me menaçait. Je voulais éviter de te parler en cette nuit de ces deux monstres, mais il faut bien que je te mette en garde contre leur rapacité et leur férocité. Leur sang se nourrit de haine et de méchanceté. Ils sont redoutables. Ils sont avares et sans cœur, hypocrites, rusés et sans orgueil. Ils passent leur vie à amasser de l'argent et à le cacher. Tous les moyens sont bons ; ils ne reculent devant rien. Mon père avait honte de ce fils ; il me disait : « Mais d'où tient-il ce vice ? » C'est la honte de la famille. Il se fait passer pour pauvre et attend la fin du marché pour acheter les légumes au plus bas prix. Il marchande pour tout, se plaint, pleure quand il le faut. Il dit à tout le monde que je suis la cause de ses malheurs, que je l'ai appauvri. Je l'ai entendu une fois dire à un voisin : « Mon frère aîné a volé ma part d'héritage ; il est rapace et sans pitié ; même s'il meurt, je n'aurai pas le droit d'hériter. Il vient d'avoir un fils. Je confie ma cause à Dieu, Lui seul saura me rendre justice, ici ou là-bas ! » Sais-tu qu'il leur arrivait, à de très rares occasions, de nous inviter à déjeuner. La femme faisait à peine cuire la viande qu'elle noyait dans un tas de légumes. La viande était tellement dure qu'elle restait intacte dans le plat. Le lendemain, elle la faisait cuire normalement pour eux-mêmes. Personne n'était dupe ! Ni elle ni lui ne connais-sait la pudeur. Méfie-toi, éloigne-toi d'eux, ils sont malfaisants...

Après un temps d'arrêt, il se mit à parler vite. Je ne comprenais pas tout. Il voulait dire l'essentiel, mais son œil s'égarait, partait de l'autre côté, revenait sur moi, sa main serrait toujours la mienne :

— Je demande que ton pardon me soit accordé... Après, Celui qui possède mon âme pourra l'emporter où il veut, dans ses jardins fleuris, dans ses rivières paisi-

LA NUIT SACRÉE

bles, ou la jeter dans le cratère d'un volcan. Mais avant,
accorde-moi la grâce de l'oubli. C'est cela le pardon. Tu
es libre à présent. Va-t'en, quitte cette maison maudite,
fais des voyages, vis!... Vis!... Et ne te retourne pas
pour voir le désastre que je laisse. Oublie et prends le
temps de vivre... Oublie cette ville... En cette nuit j'ai su
que ton destin serait meilleur que celui de toutes les
femmes de ce pays. Je suis lucide, je n'invente rien. Je
vois ton visage auréolé d'une lumière extraordinaire. Tu
viens de naître, cette nuit, la vingt-septième... Tu es une
femme... Laisse ta beauté te guider. Il n'y a plus rien à
craindre. La Nuit du Destin te nomme Zahra, fleur des
fleurs, grâce, enfant de l'éternité, tu es le temps qui se
maintient dans le versant du silence... sur le sommet du
feu... parmi les arbres... sur le visage du ciel qui
descend... Il se penche et me prend... C'est toi que je
vois, c'est ta main qui se tend, ah! ma fille, tu me prends
avec toi... mais où m'emmènes-tu? Je suis trop fatigué
pour te suivre... J'aime ta main qui s'approche de mes
yeux... Il fait sombre, il fait froid... Où es-tu, ton
visage... Je ne vois plus... Tu me tires... c'est la neige, ce
champ blanc? Il n'est plus blanc... Je ne vois plus rien...
Ton visage se crispe, tu es en colère... Tu es pressée...
Est-ce cela ton pardon?... Zah... ra...

Un rayon de soleil pénétra dans la chambre. Tout était
fini. Je retirai difficilement ma main de la sienne. Je
relevai le drap sur son visage et éteignis la bougie.

3

Une très belle journée

Amis, à partir de cette nuit de l'Exceptionnel, les jours ont pris de nouvelles couleurs, les murs ont capté des chants nouveaux, les pierres ont libéré des échos longtemps retenus, les terrasses ont été envahies d'une lumière très vive et les cimetières se sont tus. Les cimetières ou les morts. Les morts ou les récitants de versets du Coran mal appris, mal dits, ou dits avec la conviction du corps qui a faim et qui se dandine pour faire croire que le message est en bonne voie.

Tout s'est calmé, ou plutôt tout a changé. Il m'était difficile de ne pas établir la coïncidence entre ce vieillard qui venait enfin de se retirer de la vie et cette clarté presque surnaturelle qui inonda les êtres et les choses.

Comment ne pas croire que la Nuit du Destin est une nuit terrible pour les uns, libératrice pour les autres ? Les vivants et les morts se rencontrent en cette étape où les bruits des uns couvrent les prières des autres. Amis ! Qui peut distinguer en cette nuit les fantômes des anges, les arrivants des partants, les héritiers du temps des parvenus de la vertu ?

Imaginez des charrettes où des corps sont entassés

dont certains respirent encore mais qui ont voulu être du voyage pour de multiples raisons ; elles font trembler les murs en passant, tirées par des juments robustes et qui se dirigent vers des lieux inconnus. En cette nuit la rumeur disait que le paradis est promis aux candidats au voyage, en tout cas à ceux qui consentiraient à offrir leurs fortunes et les quelques jours ou semaines qui leur restaient à vivre, à les donner en offrande à cette nuit où les étoiles s'absentent, où le ciel s'ouvre et où la terre se déplace un peu plus vite que d'habitude. Ceux qui venaient s'étendre sur les charrettes n'avaient pour toute fortune qu'un peu de temps, entre un et sept jours. Les autres s'accrochaient à l'argent et à l'illusion.

De la petite fenêtre, j'observais le cortège. Il fallait quitter la ville avant le lever du soleil. Le matin de cette vingt-septième journée de jeûne ressemblait aux autres matins. Aucune trace du nettoyage nocturne ne devait apparaître. Je regardais mon père, le corps allégé, vidé de toute substance, rendu à la matière brute ; me disant qu'avec un peu de chance son âme serait dans l'une des dernières charrettes. Lasse mais soulagée, je me suis assise sur le bord du lit et j'ai pleuré, non de tristesse mais d'épuisement. J'étais libérée et les choses n'allaient pas se passer comme je l'espérais.

Redevenue femme, du moins reconnue comme telle par le géniteur, j'avais encore à jouer le jeu, le temps de régler les affaires de succession et d'héritage. La maison était en ruine. On aurait dit que les murs avaient eu de nouvelles fissures en cette nuit. Brusquement — oh ! en quelques heures —, tout avait changé. Mes sœurs faisaient les pleureuses. Ma mère, drapée de blanc, tenait le rôle de l'endeuillée. Mes oncles s'activaient pour préparer les funérailles. Et moi, cloîtrée dans la chambre, j'attendais.

C'était une journée ensoleillée du printemps. Chez nous, le printemps est insouciant. Il bouleverse les bougainvillées, accentue les couleurs des champs, met un peu plus de bleu dans le ciel, charge les arbres et tourne le dos aux femmes tristes. Et moi j'étais plutôt triste. Mais cette année-là je décidai de chasser de mon esprit tout ce qui me torturait et versait de l'encre noire dans mes pensées. Je riais rarement et je n'étais jamais drôle. Je voulus alors être du printemps.

Mes amis ! Je peux vous l'avouer aujourd'hui : ce fut dur ! Être gaie c'était déjà changer de visage, changer de corps, apprendre de nouveaux gestes et marcher avec souplesse. La chaleur anormale de cette journée renforça ma conviction : le printemps n'était pas dans la maison ; il tournait autour. Des senteurs et des parfums me parvenaient des maisons et des jardins voisins. Chez nous, la désolation avait une odeur âcre et suffocante. L'encens que mes oncles faisaient brûler était de mauvaise qualité. Le bois de paradis n'était en fait qu'un bois quelconque mélangé à des parfums de mauvais augure. Les laveurs, pressés comme d'habitude, bâclèrent la toilette du mort et se disputèrent ensuite avec mon oncle qui marchanda avec eux leur misérable salaire. C'était honteux et en même temps cocasse d'entendre sur les psalmodies coraniques les tractations entre les trois laveurs et mon oncle. Je riais parce que cela devenait burlesque :

— Vous lavez le mort et vous nettoyez nos poches !

— Une chose est sûre : le jour de ta mort, aucun de nous ne viendra te laver, tu partiras avec la saleté, et même si tu dois entrer au paradis, tu seras refoulé à la porte parce que tu pueras ! Telle est la sanction des avares... Et puis Dieu ne les couvre pas de sa clémence.

Mon oncle pâlit, bredouilla une prière puis paya les trois hommes le prix qu'ils réclamaient. Je l'observais de la fenêtre et je jubilais. Une main tira mon oncle dans un coin : c'était la main sèche de sa femme, maîtresse dans l'avarice, dans la haine et les intrigues. Une femme redoutable. Je vous en parlerai un autre jour, car elle mérite, elle aussi, qu'on statue sur son sort. Elle avait menacé son époux qui avait cédé aux laveurs.

Durant un jour ou deux je devais encore jouer au fils invisible. De blanc vêtue je descendis pour présider les funérailles. Je portais des lunettes noires et couvrais ma tête avec le capuchon de ma djellaba. Je ne disais pas un mot. Les gens se penchaient sur moi pour me saluer et me présenter leurs condoléances. Ils baisaient furtivement mon épaule. J'intimidais tout le monde et cela m'arrangeait. A la grande mosquée, je fus, bien sûr, désignée pour diriger la prière sur le mort. Je le fis avec une joie intérieure et un plaisir à peine dissimulé. Une femme prenait peu à peu sa revanche sur une société d'hommes sans grande consistance. En tout cas c'était vrai pour les hommes de ma famille. En me prosternant, je ne pouvais m'empêcher de penser au désir bestial que mon corps — mis en valeur par cette position — susciterait en ces hommes s'ils savaient qu'ils priaient derrière une femme. Je ne parlerai pas ici de ceux qui manipulent leur membre dès qu'ils voient un derrière ainsi présenté, qu'il soit celui d'une femme ou celui d'un homme. Excusez cette remarque, elle correspond, hélas ! à la réalité...

Le rituel de la mort se déroula sans incident. Tout se passa bien. La plus belle image que je garde de cette journée est l'arrivée au cimetière. Un soleil éclatant avait installé un printemps éternel en ce lieu où les tombes étaient toutes recouvertes d'herbe sauvage d'un verf vif, de coquelicots enchantés par cette lumière et de géraniums éparpillés par une main anonyme. C'était un jardin où quelques oliviers centenaires devaient garantir par leur présence immuable et modeste la paix des âmes. Un récitant du Coran s'était assoupi sur une tombe. Des enfants jouaient sur les arbres. Un couple d'amoureux s'était caché derrière une pierre tombale assez haute pour pouvoir s'embrasser sans être vu. Un jeune étudiant lisait *Hamlet* en marchant et gesticulant. Une femme en robe de mariée descendit d'un cheval blanc. Un cavalier en gandoura bleue du Sud traversa le cimetière sur sa jument. Il avait l'air de chercher quelqu'un.

Arrivé là, le cortège se dispersa. Certains protégèrent leurs yeux avec leur bras, ne pouvant supporter une telle intensité de lumière. On oublia le mort. Les fossoyeurs se mirent à rechercher la tombe qu'ils avaient préparée. Des enfants des rues qui avaient suivi le cortège se mirent à danser, puis, comme dans un ballet, s'approchèrent du corps, le soulevèrent, tournèrent sur eux-mêmes en fredonnant un chant africain puis avec des gestes et des mouvements lents ils le déposèrent dans une des tombes creusées le matin. Affolés, les fossoyeurs accoururent et chassèrent les enfants en les menaçant avec les pelles et les pioches. La mariée vint vers moi et mit sur mes épaules son superbe burnous brodé de fils d'or. Elle me murmura à l'oreille : « Il t'attend sur une jument blanche tachetée de gris... Va, rejoins-le, ne me demande pas pourquoi, va et sois heureuse... » Puis elle disparut. Était-ce une apparition, une image, un morceau de rêve, un laps de temps échappé à la vingt-septième nuit, une voix ? J'étais encore éblouie lorsqu'un bras puissant m'entoura la taille et me souleva : le beau cavalier m'emporta sur sa jument et personne ne dit mot. Je fus enlevée comme dans les contes anciens. Il traversa le cimetière en courant. J'eus le temps de jeter un coup d'œil sur le corps de mon père que les fossoyeurs déterraient pour l'enterrer selon les règles de la religion islamique. Je vis aussi mes oncles, pris de panique, sortir à reculons du cimetière.

C'était une belle, une très belle journée.

Le jardin parfumé

— Ô soleil sur lune, ô lune des lunes, étoile pleine de nuit et de lumière, ce burnous brodé de fils d'or est ta demeure, le toit de ta maison, la laine qui tisse tes rêves, la couverture épaisse des longues nuits d'hiver quand je serai absent... Mais je ne te laisserai jamais, j'ai trop longtemps attendu pour te laisser ne serait-ce qu'une nuit...

Le voyage dura toute la journée. Il me parlait de temps en temps, me disant les mêmes mots, m'appelant tantôt « princesse du Sud », tantôt « lune des lunes », tantôt « la première lumière du matin ». Enveloppée dans le burnous, j'étais derrière, mes bras entourant sa taille. Les secousses de la jument faisaient que mes bras croisés caressaient dans un mouvement de haut en bas son ventre ferme. J'avais une impression étrange à laquelle je me laissais aller, renonçant à me poser des questions comme lorsqu'un rêve se poursuit dans la petite somnolence. C'était la première fois que je montais à cheval. J'accumulais ainsi les émotions avec une liberté intérieure qui réchauffait tout mon corps. L'aventure, c'était d'abord ce sentiment d'étrangeté d'où naissait le plaisir. Ma tête reposait contre son dos, je fermai les yeux et murmurai un chant d'enfance. Hier encore j'aidais l'âme d'un mourant à s'élever vers le ciel, aujourd'hui je serre dans mes bras un inconnu, peut-être un prince envoyé par les anges de cette vingt-septième nuit, un prince ou un tyran, un aventurier, un bandit des chemins de pierres, mais un homme, un corps d'homme dont j'avais à peine aperçu les yeux car il était voilé... un de ces hommes du désert qu'on appelle bleus !

L'esclave à peine affranchie fut enlevée pour entrer peut-être dans une nouvelle prison, un château aux murailles épaisses et hautes, gardé par des hommes armés, un château sans portes ni fenêtres, juste une entrée, une ou deux dalles qui se déplacent pour laisser passer le cavalier et sa proie...

Je somnolais. Je rêvais. J'oubliais. Un vent frais caressait ma joue. Une larme de joie due à la fraîcheur du temps coulait sur mon visage. Le ciel était bleu, rouge, mauve. Le soleil allait bientôt se coucher. En cette journée de jeûne je n'eus ni faim ni soif. Mon cavalier s'arrêta un instant puis me dit, comme si j'étais au courant de ses habitudes :

— Nous allons faire une halte chez les enfants. Avec un peu de chance, on pourra rompre le jeûne chez eux.

— Quels enfants ?

Il ne me répondit pas.

Le village était dans une petite vallée à laquelle on accédait en empruntant un chemin quasi clandestin. Des obstacles étaient dressés et gardés par des enfants. Il fallait à chaque fois dire le mot de passe, lequel était composé de quatre phrases, le tout était un poème que mon cavalier connaissait parfaitement :

Nous sommes les enfants, les hôtes de la terre.
Nous sommes faits de terre et nous lui reviendrons.
Pour nous, terrestres, le bonheur ne dure guère,
mais des nuits de bonheur effacent l'affliction.

Je ne reconnus pas tout de suite la poésie d'Abû-l-Alâ al-Ma'arrî. J'avais lu durant mon adolescence *Risalat al-Ghufran,* mais je ne me souvenais pas de ces vers. Dans la soirée, un des enfants vint vers mon cavalier et lui dit :

— Alors, Cheikh, comment as-tu trouvé l'enfer, que t'ont dit les morts et que t'ont fait les damnés ?

— Après le souper, je vous conterai mon voyage.

Dans ce village, il n'y avait que des enfants. Nous étions les seuls adultes. Les maisons construites en terre rouge étaient d'une grande simplicité. Il devait y avoir une centaine d'enfants, garçons et filles. Les jardins en terrasses étaient bien dessinés et remarquablement entretenus. Ils vivaient là en autarcie, loin de la ville, loin des routes, loin du pays lui-même. Une organisation parfaite, sans hiérarchie, sans police ni armée. Pas de lois écrites. C'était une véritable petite république rêvée et vécue par des enfants. J'étais étonnée. Mon cavalier sentait mon impatience de savoir et de comprendre. On s'isola ; il retira son voile et je vis pour la première fois son visage. Tandis qu'il me parlait, je scrutais ses traits : de grands yeux marron, des sourcils épais et réguliers, une bouche fine, une moustache drue, une peau mate, très brune. Il parlait doucement sans me regarder vraiment :

— J'ai sept secrets. Pour mériter ton amitié et me faire pardonner de t'avoir enlevée brutalement, je vais te les confier un par un. Cela prendra du temps, le temps

41

de nous connaître, et de laisser l'amitié s'emparer de nos cœurs. Mon premier secret est ce village. Personne ne le connaît. N'y vit que celui dont le cœur a souffert et qui ne nourrit plus d'illusion sur le genre humain. Généralement, on n'explique pas les racines du secret, mais je te dois un minimum d'éclaircissement pour apaiser tes inquiétudes.

— Mais je ne suis pas inquiète.

C'était juste. Non seulement aucune crainte ne traversait mon esprit mais j'avais le sentiment profond d'une concordance entre une image et son reflet, entre un corps et son ombre, entre un rêve qui occupait mes nuits de solitude et une histoire que je vivais avec une curiosité heureuse. J'étais comme une enfant qui faisait son premier voyage. En tout cas cette première nuit était pour moi le début d'une surprenante aventure. Mon cavalier que tout le monde appelait Cheikh devait rendre compte de sa mission. Il rentrait au village après une longue absence.

Un rouquin, dix ans à peine, des yeux ronds, vint vers moi et me dit :

— Bienvenue ! Je suis délégué à l'amitié et éventuellement à l'amour.

— En quoi consiste ta fonction ? lui demandai-je.

— Pour bien comprendre comment les choses se passent dans ce village, il faut commencer par oublier d'où tu viens et comment tu vivais là-bas, de l'autre côté de la vallée. Nous vivons ici sous le régime des principes et des sentiments. Le premier des principes est l'oubli. Que tu aies vécu cent ans ou cent jours, en entrant ici, tu dois avoir tout effacé de ta mémoire. Si tu n'y arrives pas, nous avons des plantes pour t'aider.

— Mais qu'est-ce que tu fais ici ?

— Je cultive les plantes qui favorisent les sentiments de plénitude et d'harmonie. Ici, ce qui nous est commun c'est que nous venons tous d'une souffrance, d'une injustice ; nous avons la chance d'arrêter le temps et de réparer les dégâts. En fait ce village est un navire. Il vogue sur des eaux tumultueuses. Nous n'avons plus aucun lien avec le passé, avec la terre ferme. Le village est une île. De temps en temps on envoie le Cheikh en mission d'information. Généralement il revient accompagné d'enfants abandonnés ou fugueurs. C'est la première fois qu'il nous ramène une princesse. Sois la bienvenue !

Le rouquin me baisa la main et disparut. Une fille brune aux cheveux bouclés, du même âge, vint vers moi. Je devais être une curiosité. Elle me regarda un moment sans rien dire ; tourna autour de moi et passa sa main sur mon burnous. Puis, comme si nous étions de vieilles connaissances, elle s'approcha de moi et me dit à l'oreille :

— Ne te laisse pas faire par le Cheikh ; il est très beau et ensorceleur. Tu verras, avec le temps et l'expérience tu sauras à quoi t'en tenir avec les hommes. Ici, le problème n'existe pas. Nous sommes enfants et nous le restons. C'est simple ; c'est commode...

Quand elle aperçut le Cheikh, elle prit la fuite et dit :

— J'espère que tu resteras avec nous...

Moi aussi je me mis à appeler mon cavalier « le Cheikh ». Et pourtant il n'était pas âgé, il n'avait pas de barbe blanche, et son allure était plutôt celle d'un sportif dynamique.

Il apporta le dîner. De la soupe épaisse, des dattes et

des figues sèches. Après un moment de silence, il me demanda ce que le rouquin puis la fille m'avaient dit.

— Rien, ou plutôt des choses étranges et décousues.

J'étais tellement fatiguée que je dormis sur place, enveloppée du burnous. Ce fut une nuit peuplée de rêves emboîtés les uns dans les autres. Tout se mêlait dans mon esprit. En me réveillant le matin, j'étais incapable de faire la différence entre les rêves et les visions. La verdure, les fleurs, les arbres, les oiseaux, les ruisseaux, tout cet environnement excitait mon imagination, troublait mes sens et ma perception. De toute façon j'avais décidé de renoncer à distinguer le réel de l'imaginaire, et surtout à savoir concrètement où je me trouvais, ce que je faisais et avec qui je vivais ces moments. De ma fenêtre j'aperçus le Cheikh qui transportait du bois pendant que les enfants travaillaient la terre, nettoyaient le village ou préparaient le dîner. Tout le monde avait quelque chose à faire. Je sortis pour visiter le village de jour. Certains me souriaient, d'autres s'arrêtaient et me saluaient les mains jointes. J'apprenais à marcher naturellement, sans être crispée, sans me soucier des regards. Ma surprise fut grande : je retrouvais une élégance innée ! Mon corps se libérait de lui-même. Des cordes et des ficelles se dénouaient peu à peu. Je sentais physiquement que mes muscles perdaient de leur fermeté. La métamorphose se faisait en marchant. Je respirais mieux. Je passais ma main sur mes petits seins. Cela me faisait plaisir. Je les massais dans l'espoir de les voir grossir, sortir de leur trou, pointer avec fierté et exciter les passants. Je me souvenais du temps lointain où Lalla Zineb, une femme énorme qui vivait chez les voisins, venait de temps en temps aider ma mère. Elle me prenait dans ses bras, calait ma petite tête entre ses seins lourds et me serrait contre elle, de joie ou d'envie. Elle n'avait pas d'enfant et son mari l'avait abandonnée pour deux autres épouses qui lui en donnèrent beaucoup. Alors elle me serrait contre elle, me portait sur le dos, me tapotait les joues, me coinçait entre ses cuisses écartées. J'étais son objet, son jouet. Elle transpirait et ne se rendait pas compte qu'elle me dégoûtait. Je ne disais rien. Au fond, ce jeu me changeait de l'extrême confort et des petits soins dont j'étais l'objet dans la famille. Un jour, mon père entra impromptu et me vit gigoter entre les cuisses grasses de Lalla Zineb. Il se précipita, m'arracha et gifla la pauvre femme. Oui, elle avait des seins immenses. Ça débordait de partout. Je me suis mise à rêver de cette abondance, de ce bien d'Allah, de ces quantités de chair et de glandes.

Je touchai mes seins. Ils émergeaient lentement. J'ouvris mon chemisier pour les offrir au vent du matin, un petit vent bénéfique qui les caressait. J'avais la chair de poule et les pointes durcissaient. Le vent traversait mon corps de haut en bas. Mon chemisier gonflait. Je lâchai mes cheveux. Ils n'étaient pas très longs mais le vent leur faisait du bien. Je marchais sans savoir où j'allais. Une envie folle m'envahit : j'ai retiré mon saroual puis ma culotte pour faire plaisir au vent, pour me faire plaisir et sentir la main légère et froide de cette brise matinale passer sur mon ventre et réveiller mes sens. J'étais dans un bois. La nature était paisible. Je faisais mes premiers pas de femme libre. La liberté, c'était aussi simple que de marcher un matin et de se débarrasser des bandages sans se poser de questions. La liberté, c'était cette solitude heureuse où mon corps se donnait au vent puis à la lumière puis au soleil. Je retirai mes babouches. Mes pieds fragiles se posaient sur les cailloux tranchants. Je ne sentais pas la douleur. Arrivée à une clairière, je m'assis sur une motte de terre humide. Une fraîcheur montait en moi comme un plaisir. Je me roulai dans les feuillages. Un léger vertige traversa ma tête. Je me levai et courus jusqu'au lac. Je ne savais pas que derrière le bois il y avait un lac et une source d'eau. Mais mon corps accueillait de nouveaux instincts, des réflexes que la nature lui insufflait. Mon corps avait besoin de l'eau. Je me précipitai, retirai ma gandoura et plongeai dans le lac. Je n'avais jamais appris à nager. Je faillis me noyer. Je m'accrochai à une branche et rejoignis la source. Là, je m'assis, donnant le dos au jet puissant de l'eau froide et pure. Je rêvais. J'étais heureuse, folle, toute neuve, disponible, j'étais la vie, le plaisir, le désir, j'étais le vent dans l'eau, j'étais l'eau dans la terre, l'eau purifiée, la terre ennoblie par la source. Mon corps tremblait de joie. Mon cœur battait très fort. Je respirais de manière irrégulière. Je n'avais jamais eu autant de sensations. Mon corps qui était une image plate, déserté, dévasté, accaparé par l'apparence et le mensonge, rejoignait la vie. J'étais vivante. Je criai de toutes mes forces et sans m'en rendre compte, je hurlai : « Je suis vivante... vivante !... Mon âme est revenue. Elle crie à l'intérieur de ma cage thoracique. Je suis vivante... vivante !... »

Des gosses nus plongèrent dans le lac en riant. Ils m'entourèrent, tout en répétant après moi : « Elle est vivante... vivante... » D'autres enfants m'attendaient sur la berge tendant une serviette de bain blanche. Ils m'y enveloppèrent et me portèrent sur un fauteuil en osier jusqu'à ma chambre où le Cheikh m'accueillit, tout de blanc vêtu. Je tremblais encore de froid et d'émotion. De petites secousses me traversaient. J'étais lasse et heureuse. Surprise et étonnée. Les événements s'étaient précipités. Le temps était impatient. Et moi, j'enjambais le temps hors du temps, à la lisière du rêve. Le Cheikh me prit la main et la baisa. Je posai ma tête sur son genou. Il caressait mes cheveux encore mouillés tout en me parlant :

— Je suis heureux que tu aies trouvé la source. C'était mon deuxième secret. A présent tu ne peux plus revenir en arrière. L'eau de cette source est bénéfique. Elle fait des miracles. Tu l'as trouvée toute seule. Tu es sur le chemin. Ne te retourne surtout pas. Regarder derrière toi risque d'être dangereux. Certes, tu ne seras pas maudite comme dans la légende, tu ne te transformeras pas en statue de sel ou de sable. Mais tu pourrais faire le malheur. Et le malheur c'est d'être une erreur, devoir subir un destin sans joie, sans vérité, sans désir. Je sais de quoi je parle, princesse !

Soudain le Cheikh se tut. Je relevai la tête et je vis des larmes couler sur son visage. Il pleurait en silence, les yeux fermés. J'eus un frisson. Je me levai et déposai sur ses épaules le burnous brodé de fils d'or. L'homme somnolait et les larmes continuaient de couler sur ses joues. Des larmes douces. Elles devaient venir de loin. J'étais intriguée par sa sérénité, son calme et sa soumission à ce débordement qu'il ne pouvait ni arrêter ni maîtriser. Je n'avais pas envie de le déranger en lui posant des questions. Il y avait sur l'étagère un grand cahier ouvert. Une écriture fine et appliquée. Des dessins. Des signes. Des questions. Je fus tentée de lire mais je n'osai pas. Ç'aurait été pire qu'un vol. Et puis j'eus un pressentiment très violent : le malheur rôdait autour de nous ; le rêve était trop beau ; le cauchemar n'allait pas tarder à se manifester. Quatre ou cinq enfants envahirent la pièce et m'intimèrent l'ordre de quitter la vallée :

— Tu as provoqué les larmes du Cheikh. Tu es peut-être un de ces êtres du passé qui ont contribué à lui arracher son âme, son souffle, sa vie. Il faut que tu t'en ailles avant qu'il ne se réveille, avant qu'il ne devienne violent...

J'essayai de me disculper, de leur dire que je ne lui avais rien arraché, que c'était arrivé tout seul, que je ne comprenais rien à tout cela. Peine perdue. Les enfants avaient des regards vengeurs, des regards troublants, pleins de haine et de violences. Ils étaient menaçants. Je m'approchai du Cheikh pour le réveiller. Un des enfants se précipita sur moi et me renversa par terre :

— Laisse-le en paix... Il est peut-être en train de mourir ! Il ne va pas encore disparaître, nous quitter pendant des années !

Je fus ainsi chassée de ce jardin dit parfumé. Croyez-moi, mes amis, cela je ne l'ai pas rêvé, je l'ai vécu. Je dormis ce soir-là avec les animaux, à l'étable située à la sortie du village. Intriguée, bouleversée, je passai la nuit à échafauder des explications. Plus je cherchais à savoir et à comprendre, plus les ténèbres s'installaient dans mon esprit. Au milieu de la nuit, l'enfant rouquin, celui qui m'accueillit si gentiment au début de cette aventure, entra dans l'étable. Je ne fus pas surprise. Je l'attendais.

— Ne cherche pas à comprendre. Je vais t'aider à

48

sortir de là. Le Cheikh est notre emblème ; notre sort est lié au sien. S'il succombe à la tentation, ce sera notre perte. Entre lui et nous il y a un pacte, un serment : ne jamais livrer à l'étranger nos sept secrets. Chaque secret qu'il dévoile c'est un peu de notre peau qui s'en va. Nous perdons les couleurs sur notre visage, puis les dents, puis les cheveux, puis le sang, puis la raison, puis l'âme et enfin la vie. Sache que tu n'y es pour rien. Tu es même bonne. Mais quelque chose en toi provoque la destruction. Je ne sais pas quoi. Je le sens. Un malheur doit t'habiter. A ton insu. Il se propage et se nourrit de la défaite des autres. Comme tu as dû le remarquer, nous sommes une tribu en dehors du temps. C'est notre force et notre fragilité. Le Cheikh est le seul qui soit resté trempé dans le temps. Il grandit, s'agite et vieillit. C'est pour cela qu'il nous quitte parfois. Généralement il revient avec des grains à semer. Cette fois-ci ce fut toi qu'il ramena au village. Ici nous sommes à l'abri des vivants. C'est tout ce que je peux te dire. Le propre du secret est de rester enterré. Nous sommes le secret, alors nous vivons sous terre. Le village n'a pas de nom. Il n'existe pas. Il est en chacun de nous. En partant d'ici, dis-toi que tu es une rescapée.

5

Les miroirs du temps

Comment marchent les rescapés ? La tête baissée, les yeux scrutant le sol, les mains derrière le dos, suivant un chemin de hasard jusqu'à ce qu'apparaisse au loin une maison éclairée faiblement ? Moi j'ai marché sans me retourner. Je voulais oublier et croire que ce qui venait de m'arriver n'était qu'une hallucination de plus, un rêve interrompu où tout se mélangeait : l'enterrement du père et la fuite de l'esclave affranchie. J'ai marché le long de la route sans adresser la parole à quiconque. D'ailleurs, ni les enfants ni les hommes rencontrés ne m'ont importunée. Et pourtant je devais avoir l'air étrange, mal habillée, le visage crispé et en larmes. A la tombée de la nuit je me suis accroupie sous un arbre et j'ai pleuré en silence, sans regrets, sans tristesse. Je ne crois pas avoir pleuré la mort de mon père le jour de son enterrement.

Une phrase, une seule, dite par ma mère, elle qui ne disait jamais rien, résonna soudain dans mon esprit. Quand je l'entendis, je me souviens avoir eu la chair de poule. Toute ma peau fut parcourue d'un frisson bref et troublant.

C'était l'époque où rien n'allait, où mon père sentait la mort s'approcher, précipitée peut-être par le sentiment persistant de la faute et du péché. Il était devenu très aigri, irritable, sans patience, sans joie. En lui bouillonnant la haine, une haine violente et aveugle. Il devait haïr tout le monde, à commencer par lui-même. Curieusement, moi, il m'épargnait. Je crois même qu'il m'aimait. Il me tenait à l'écart de la brutalité devenue son mode de communication. De la fenêtre de ma chambre j'assistais parfois à des scènes de dispute entre lui et la troupe féminine de la maison. Il était le seul à hurler, à menacer et à rire de sa propre suprématie. Devenu maniaque, il ne supportait pas le moindre manquement au service de son rituel. Chacune des filles devait remplir un rôle : l'une enlevait sa djellaba, l'autre lui lavait les pieds, une autre les essuyait, pendant que deux autres préparaient le thé. Ma mère était à la cuisine. Malheur à celle qui commettait une faute ! Il faisait régner la terreur et n'était jamais content.

Atteint d'une bronchite asthmatique, il refusait de prendre ses médicaments. Quand il lui arrivait de manquer d'air et qu'il gigotait à cause de la douleur à la poitrine, il accusait toute la famille de lui voler sa part d'oxygène. Ses bronches n'étaient peut-être pas malades ; mais la présence de toutes ces femmes inutiles l'énervait, ce qui provoquait son étouffement.

Refusant la maladie et la mort, il résistait avec une énergie inouïe. Il avait besoin d'exercer cette violence injuste sur les siens. Il avait découvert instinctivement que la haine était un antidote à la décrépitude. Elle le conservait dans sa fonction de seigneur régnant et décourageait l'avance de la maladie. Il lui arrivait de

51

parler tout seul, considérant qu'il n'avait pas d'interlocu-teur valable à la maison. Moi, j'étais à part. Il aurait aimé se confier à moi et m'entretenir de ses problèmes ; mais je ne lui en donnais jamais l'occasion. Son compor-tement me faisait mal. Je le comprenais mais je ne pouvais l'approuver ni discuter avec lui. Durant les derniers mois de sa vie, j'étais déjà en pleine crise de mutation. Je me débattais dans ma propre violence, avec la ferme intention de m'en sortir. M'en sortir d'une façon ou d'une autre. Mais comme dit le proverbe : « L'entrée dans le hammam n'est pas comme sa sortie ! » Je devais en principe sortir de cette histoire lavée des soupçons que j'entretenais en toute lucidité sur moi-même. Sortir sans masque, dans une nudité pudique, dans un corps propre, sans détour, sans ambiguïté.

Ma mère, femme qui avait choisi le silence et la résignation, plus par calcul que par fatalisme, me dit un jour où des mots très durs de mon père la blessèrent profondément : « Ma fille ! Prie avec moi pour que Dieu ou le destin fasse que je meure en ta vie et qu'il m'accorde un mois ou deux de vie après la mort de ton père ! Je voudrais pouvoir respirer quelques jours, quelques semaines en son absence, une absence absolue. C'est mon seul désir, mon unique souhait. Je ne voudrais pas partir en sa vie, car je partirais doublement meurtrie, horriblement saccagée, humiliée. J'ai décidé de vivre dans le silence de la voix étouffée par mes propres mains. Mais qu'il me soit donné un temps, même court, pour crier une fois pour toutes, pousser un cri, un seul, un cri qui viendrait du tréfonds de l'âme, de très loin, de plus loin que ta naissance, un cri qui est là, tapi dans ma poitrine. Il attend, et je vivrai pour ne pas mourir avec ce cri qui me mine et me ravage. Prie pour moi, toi ma fille qui sais la vie des deux faces, qui sais lire dans les livres et dans la poitrine des saints... »

J'avais oublié jusqu'au son de sa voix. Ma mère, femme mise à l'écart par le père et à cause de mon histoire. Elle me disait « ma fille » comme si rien ne s'était passé durant vingt ans. Je ne peux pas dire que je l'aimais. Quand elle ne suscitait pas en moi de la pitié — ce sentiment de honte amère ou de colère certes silencieuse —, elle ne comptait pas, c'est-à-dire qu'elle n'existait pas. Je ne la voyais pas et j'oubliais qu'elle était ma mère. Il m'arrivait de la confondre avec Malika, la vieille servante, ou avec le fantôme d'une mendiante folle qui venait de temps en temps se réfugier chez nous, dans le vestibule, quand les enfants la pourchassaient en lui lançant des pierres et des insultes. Quand je rentrais le soir j'enjambais un corps emmitouflé dans une couverture de l'armée. Je ne cherchais pas à savoir si c'était la folle ou ma mère expulsée de son propre foyer. Même si j'étais bouleversée, je ne le montrais pas. Je fermais les yeux. Pour ne pas voir. Pour ne pas entendre. Et surtout pour ne pas avoir à parler. Ce qui se passait en moi devait rester en moi. Ne pas transparaître. Car il n'y avait rien à dire ou alors il y avait tellement de choses à dire, à révéler et à dénoncer. Je n'en avais ni l'envie ni le courage. A partir du moment où je ne tenais plus en équilibre sur le fil, je sentais qu'il me fallait du temps pour me dépouiller de vingt années de simulacre. Pour acquérir une nouvelle naissance, je devais attendre la mort du père et de la mère. J'ai pensé la provoquer, la précipiter. J'aurais mis ce péché sur le compte du monstre que j'étais.

Ma mère sombra dans la folie. Elle fut emmenée par une de ses tantes finir ses jours dans l'enceinte d'un marabout, sur la route du Sud. Je crois qu'à force de simuler les crises de démence où elle déchirait les affaires de son époux, elle avait fini par y prendre goût et ne plus savoir elle-même ce qu'elle faisait.

J'ai assisté du haut de ma chambre à son départ. Les cheveux dénoués, la robe déchirée, elle hululait, courait comme une enfant dans la cour de la maison, baisait le sol et les murs, riait, pleurait et se dirigeait vers la sortie à quatre pattes comme un animal indésirable. Ses filles pleuraient. Mon père n'était pas là.

Le soir, il régnait sur la maison une grande pesanteur, faite de silence et de remords. Nous étions tous des étrangers. Les filles quittèrent la maison pour se réfugier un temps chez des tantes du côté maternel. Ce fut ainsi que je me retrouvai seule avec mon père dans sa défaite.

De temps en temps les filles revenaient chercher des affaires à elles puis repartaient sans rendre visite au malade. Seule la vieille Malika restait fidèle à la maison. Elle recueillait la nuit la mendiante folle ou le charbonnier qui aimait bien bavarder avec elle. Ils étaient originaires du même village.

Malgré sa douleur à la poitrine, mon père décida de jeûner durant le ramadan. Au coucher du soleil, il mangeait à peine. Refusant de prendre ses pilules, il se laissait mourir dans un mutisme profond. Le jour, je continuais d'aller au magasin. Je mettais de l'ordre dans les affaires. Les frères ne vinrent jamais le voir. Leurs calculs étaient simples : du fait de mon existence, ils n'avaient rien à hériter.

Je crois que tout était en ordre la veille de la vingt-septième nuit du ramadan.

Tout devenait clair en moi. Je ne peux pas dire que mes dispositions étaient prises, mais je savais qu'après la mort du père, j'allais tout abandonner et partir. Je laisserais tout aux filles et je quitterais pour toujours cette maison et cette famille. Avec la disparition du père quelque chose devait aussi s'achever. Il emporterait avec lui dans sa tombe l'image du monstre qu'il avait fabriqué.

Après l'enterrement je perdis tous les repères. Pendant quelques jours je ne savais pas où j'étais ni avec qui j'étais. Je vous ai raconté cette aventure qui avait tout pour être merveilleuse et qui finit dans la peur et l'errance.

Comme vous le savez je retournai une nuit à la maison. J'y entrai par la terrasse des voisins. Les filles étaient revenues. Elles étaient très bien habillées, maquillées à outrance et portaient les bijoux de leur mère. Elles riaient et jouaient avec d'autres femmes venues du quartier. L'enterrement et le deuil furent pour elles une libération et une fête. A la limite je comprenais leur réaction. Des filles frustrées, longtemps tenues à l'écart de la vie, découvraient la liberté. Alors elles se déchaînèrent avec l'hystérie qu'elles avaient en réserve. Toutes les lumières étaient allumées. On passait des disques sur un vieux phonographe. La fête battait son plein. Il ne manquait plus que des hommes pour assouvir leur désir. J'eus un sourire ; de toute façon plus rien ne me concernait, j'étais déjà une étrangère. J'ouvris discrètement la porte de ma chambre, pris quelques affaires que j'entassai dans un sac et repartis par la terrasse.

Habillée d'une djellaba, un foulard sur la tête — mes

cheveux étaient longs —, je me dirigeai en cette nuit claire vers le cimetière. J'enjambai un muret pour ne pas être vue du gardien et allai sur la tombe de mon père.

La nuit était calme et belle. C'était la veille de l'Aïd. Le ciel était particulièrement étoilé. La terre recouvrant la tombe était encore fraîche. Mes mains creusaient avec rapidité et méthode. Il ne fallait pas déranger le mort ou attirer l'attention du gardien ou d'un profanateur. Quand un morceau de linceul blanc m'apparut, je dégageai doucement avec mes doigts la terre. Le corps était glacial. Le linceul était mouillé par l'humidité de la terre. J'eus un frisson. Il ne faisait pas froid. C'était un sentiment où la crainte était mêlée à quelque appréhension. Je m'arrêtai un instant et je fixai la tête du mort. Au niveau des narines il me sembla que le tissu blanc bougeait. Respirait-il encore, ou n'était-ce qu'une hallucination ? Je vidai très vite le sac qui contenait presque tout ce que je possédais, une chemise d'homme, un pantalon, un extrait d'acte de naissance, une photo de la cérémonie de la circoncision, ma carte d'identité, l'acte de mariage avec la malheureuse Fatima, les médicaments de mon père que je lui faisais prendre de force, des chaussettes, des chaussures, un trousseau de clés, un ceinturon, une boîte de tabac à priser, un paquet de lettres, un livre de registres, une bague, un mouchoir, une montre cassée, une ampoule, une bougie à moitié entamée...

Au moment de fermer la tombe, je m'accroupis pour bien tasser les objets et j'eus mal à la poitrine. Quelque chose me serrait les côtes et le thorax. Les bandelettes de tissu étaient encore autour de ma poitrine pour empêcher les seins de sortir et de grossir. Je retirai avec rage ce déguisement intérieur composé de plusieurs mètres de tissu blanc. Je le déroulai et le passai autour du cou du mort. Ensuite je serrai très fort et fis un nœud. J'étais en sueur. Je me débarrassais de toute une vie, une époque de mensonges et de faux-semblants. Avec les pieds et les mains j'entassai les objets sur le corps que je piétinai un peu au passage. Je remis de la terre. La tombe avait changé de volume. Elle était grosse. Je calai le tout avec des pierres lourdes, me recueillis un moment, pas pour prier ni pour demander à Dieu miséricorde pour l'âme de ce pauvre homme, mais afin de m'imprégner de l'air nouveau que je respirais. Je dis quelque chose comme : « Salut ! » ou : « Adieu gloire factice, à nous deux la vie, l'âme nue, blanche, vierge, le corps neuf même si la parole est ancienne ! »

6

Un poignard caressant le dos

Je disparus en cette nuit sombre et ardente. Dans les ténèbres, mes pas ne laissaient aucune trace. Je quittai la ville en la contournant. Je choisis de traverser le paysage en le survolant pour ne pas déranger le sommeil paisible des braves gens. Non seulement je n'en faisais pas partie mais j'étais un élément indomptable et perturbateur.

J'étais heureuse en cette nuit de septembre où, venant des jardins, des bouffées de jasmin et de rosiers sauvages odorants m'inondaient. J'aspirais profondément ces parfums et marchais sans me soucier du chemin qui s'ouvrait à moi. Décidée à l'aventure, j'allais en paix avec moi-même. Je ne me retournais pas pour regarder une dernière fois l'abîme natal. J'avais tout enterré : le père et les objets dans une même tombe, la mère dans un marabout à la porte de l'enfer, les sœurs dans une maison qui finirait par s'écrouler et les ensevelir à jamais. Quant aux oncles et tantes, ils n'avaient jamais existé pour moi et à partir de cette nuit je n'existais plus pour eux, je disparaissais et ils ne me retrouveraient jamais.

Je marchais à l'écart des routes. Quand j'étais fatiguée

je dormais, sous un arbre de préférence. Je dormais naturellement sans crainte, sans inquiétude. Mon corps se ramassait sur lui-même et se laissait lentement gagner par une douce torpeur. Rarement le sommeil avait été si profond et si bon. J'étais très étonnée de cette facilité, de ce bonheur et ce plaisir du corps qui s'alourdit et se repose. Je dis cela parce que j'avais souvent des difficultés pour m'endormir. Il m'arrivait de passer la majeure partie de la nuit à négocier avec elle pour un peu de paix, et cette paix, je ne la connaissais qu'au lever du jour. Je tombais, vaincue par l'insomnie et la fatigue. Là, je n'avais peur de rien. J'étais sans attaches, sans amarrage. Mon esprit n'était plus encombré de tant de questions, tant de choses à faire ou à défaire. Totalement libérée ? Non, je ne l'étais pas encore. Mais le seul fait d'avoir renoncé à tout et d'être partie avec la ferme volonté de ne plus revenir, le fait d'avoir coupé avec le passé et ses traces, dégageait mon esprit de la peur. J'étais décidée à enfermer mon passé dans un coma profond, à le dissoudre dans une amnésie totale. Sans regret, sans remords. J'aspirais à une nouvelle naissance dans une peau vierge et propre.

Mon sommeil en plein air n'était plus peuplé de rêves extravagants ni de cauchemars. C'était un sommeil limpide, lisse comme la surface d'une mer tranquille, ou un espace de neige, plat et continu. Au début je croyais que c'était le fait de la fatigue physique. Mais après je compris que c'était le sommeil des premiers instants de la vie.

Il m'arrivait, surtout le jour, d'être inondée par une bouffée de chaleur et d'angoisse. Cela ne durait jamais longtemps. Ma gorge se serrait, je m'arrêtais, puis lentement tout revenait à sa place. Ce devait être les derniers soubresauts de ce passé encore si proche, à portée du regard et de la main. Cette gêne du corps était due à la solitude. J'avais choisi de marcher sur des chemins peu fréquentés. Je mangeais n'importe quoi et je buvais beaucoup d'eau. A chaque fois que je passais non loin d'une petite baraque ou d'une ferme, je demandais de l'eau. Me prenant pour une mendiante on m'offrait aussi du pain et des fruits. Quand je sortais l'argent pour payer, les gens refusaient de le prendre. Je voyais dans leur regard une sorte de pitié inquiète. Je ne m'attardais pas avec eux ; je partais avant les questions. J'aurais aimé parler mais je ne savais quoi dire. De toute façon personne ne pouvait comprendre. A quoi bon engager un dialogue ou une conversation sur le temps ? Et pourtant un après-midi, à la sortie d'un petit village, un homme me suivit. Il me dit sur un ton plutôt ironique :

— Ma sœur, mais où va ma sœur, toute seule ?

Je souris et continuai d'avancer sans me retourner.

— Tu te rends compte ma sœur où tu t'engages ? Ma sœur s'engage dans un bois touffu, où les sangliers attendent la nuit pour dévorer leur proie. Les sangliers ont des griffes taillées dans du bronze... des dents ciselées dans l'ivoire et des narines qui crachent le feu...

J'eus comme un frisson de la tête aux pieds. Cet homme à la voix suave ne me faisait pas peur. J'avais entendu parler de viols dans la forêt. Je n'avais pas envie de fuir, ni même de résister si l'homme devenait un sanglier. Je n'étais pas indifférente. J'étais curieuse. Un homme dont je ne connaissais même pas le visage

60

éveillait en moi des sensations physiques avec seulement des mots.

Je marchais en pressant le pas. Peu de mètres nous séparaient. Je l'entendais marmonner quelques mots comme une prière. Il n'était plus question de fauve déchirant le corps d'une jeune fille, mais de Dieu et de son prophète. Il répétait cette incantation :

— Au nom de Dieu le Clément et le Miséricordieux, que le salut et la bénédiction de Dieu soient sur le dernier des prophètes, notre maître Mohammed, sur sa famille et ses compagnons. Au nom de Dieu le Très-Haut. Louanges à Dieu qui a fait que le plaisir immense pour l'homme réside en l'intériorité chaude de la femme. Louanges à Dieu qui a mis sur mon chemin ce corps nubile qui avance sur la pointe extrême de mon désir. C'est le signe de sa bénédiction, de sa bonté et de sa miséricorde. Louanges à Dieu, louanges à toi ma sœur qui me précède pour que je sente ton parfum, pour que je devine tes hanches et tes seins, pour que je rêve de tes yeux et de ta chevelure. Ô ma sœur continue d'avancer jusqu'au buisson qui sera une demeure pour nos corps assoiffés. Ne te retourne pas. Je suis exposé à l'amour, avec toi ma sœur, mon inconnue, envoyée par le destin pour témoigner de la gloire de Dieu sur l'homme et la femme qui vont s'unir à la tombée de la nuit. Je loue Dieu. Je suis son esclave. Je suis ton esclave, ne t'arrête pas, le soleil descend lentement et avec lui mon orgueil tombe en miettes. Au nom de Dieu le Clément...

Je m'arrêtai. J'étais comme retenue par une force invisible. Je ne pouvais plus avancer. Je regardai à droite et à gauche et je me rendis compte que j'étais arrivée au buisson. L'homme, toujours derrière moi, ne priait plus.

J'entendais son souffle. Aucun mot n'était prononcé. J'étais en sueur, figée, entourée d'arbustes. J'attendis un instant. L'homme attendait aussi. Il ne bougeait pas. Je regardais le ciel. Il avait pris les couleurs du soleil couchant. J'eus très chaud tout d'un coup. Sans m'en rendre compte je retirai ma djellaba. J'avais en dessous juste un saroual large. Je dénouai mes cheveux. Ils n'étaient pas très longs. Je restai debout comme une statue. La nuit tomba en quelques minutes. Je sentis l'homme s'approcher de moi. Il tremblait et balbutiait quelques prières. Il me prit par les hanches. Sa langue parcourait ma nuque, puis mes épaules ; il s'agenouilla. Je restai debout. Il embrassa mes reins. Ses mains étaient toujours sur mes hanches. Avec ses dents il dénoua mon saroual. Son visage en sueur ou en larmes était plaqué contre mes fesses. Il délirait. D'un geste brusque il me mit à terre. Je poussai un cri bref. Il mit sa main gauche contre ma bouche. Avec l'autre il me maintenait face à la terre. Je n'avais ni la force ni l'envie de résister. Je ne pensais pas ; j'étais libre sous le poids de ce corps fiévreux. Pour la première fois un corps se mêlait au mien. Je ne cherchais même pas à me retourner pour voir son visage. Tous mes membres vibraient. La nuit était noire. Je sentis un liquide chaud et épais couler sur mes cuisses. L'homme poussa un râle de bête. Je crus entendre une nouvelle invocation de Dieu et du Prophète. Son corps lourd me tenait collée au sol. Je glissai ma main droite sous mon ventre. Je palpai le liquide que je perdais. C'était du sang.

Sans essayer de me dégager de l'emprise de l'inconnu, je fus emportée par la nuit dans un sommeil profond. Le vent frais du matin me réveilla. J'étais nue. L'homme avait disparu. Je ne fus ni mécontente ni déçue. Était-ce cela l'amour ? Un poignard caressant le dos sous les ténèbres ? Une violence cinglante qui vous enlace par-derrière comme une cible au hasard, ponctuée par des incantations et par des prières ?

Je me posais toutes ces questions et je ne cherchais pas vraiment à vérifier quoi que ce soit. Je ne sais même plus aujourd'hui si cette rencontre dans le dos m'avait procuré du plaisir ou du dégoût. J'avais lu des livres où on parlait d'amour mais pas de sexe. Ce devait être par pudeur ou par hypocrisie. Cette union de deux corps me laissa un goût de sable dans la bouche, parce que je mordis dans la terre plus d'une fois. L'amour devait avoir ce goût et cette odeur. Cela ne me déplaisait pas.

J'avais du sang sur les doigts et entre les jambes, mais je ne me sentais ni sale ni souillée. Dans mon esprit je fus offerte au buisson et à la terre. Je me rhabillai et poursuivis ma route. Quelque chose résonnait dans ma tête. Le bruit d'un marteau sur une pierre de taille ou sur un morceau de marbre. C'était le souvenir des battements du cœur de l'homme.

Ainsi mon premier homme était sans visage. Je n'aurais pas supporté qu'il me posât des questions. S'il n'avait pas disparu avec la nuit, j'aurais pris la fuite.

Ce jour-là je ne vis personne sur la route. J'eus l'impression que les gens que je devrais rencontrer viendraient tous par-derrière. C'était une obsession. Le soir je fis mon entrée dans la ville où j'allais vivre une histoire troublante. C'était une petite ville. En en franchissant le seuil, j'eus le cœur serré. C'était mauvais signe. Je commençais par chercher un hammam, aussi bien pour me laver que pour y dormir. Il était tard. La gardienne qui tenait la caisse me jeta un regard terrible. Elle me dit :

— C'est maintenant qu'on vient se débarrasser des crachats des hommes ?

Je ne répondis pas. Elle continua :

— J'allais fermer, mais il y a encore deux ou trois bonnes femmes qui traînent là-dedans. Fais vite...

Je me dépêchai. Elle me suivit du regard. Dans la salle du fond, à côté de la fontaine d'eau chaude, il y avait deux femmes d'une maigreur impressionnante. On aurait dit deux jumelles dans le malheur. Chacune occupait un coin et se versait machinalement des tasses d'eau sur la tête. Elles avaient marqué leur territoire par des seaux d'eau. Je compris qu'il ne fallait pas les déranger. De temps en temps elle se levaient, se mettaient dos contre dos, se frottaient les mains puis regagnaient leur coin. Je me lavai en vitesse. J'avais la tête baissée quand l'une d'elles se mit devant moi et me dit avec certitude :

— Je te savonne !

Je ne levai pas les yeux. J'avais ses genoux osseux au niveau des narines. Je dis :

— Non, merci !

— Je te savonne, je te dis.

L'autre s'était mise à l'entrée qu'elle avait bouchée avec une rangée de seaux.

Cette proposition devait être particulièrement malhonnête. Devant la menace j'acquiesçai. Je demandai à prendre de l'eau. Je remplis un seau d'eau brûlante et je le balançai sur les deux femmes tout en sautant. J'eus la chance de ne pas glisser et en une fraction de seconde je me retrouvai nue face à la gardienne qui se mit à hurler :

— Mais tu es folle, tu vas attraper froid !

— Non ! Je l'ai échappé belle ! Elles sont deux...

— Qu'est-ce que tu racontes ? Il n'y a plus personne...
Quand tu es rentrée les trois dernières sortaient, tu ne
les as pas vues ? Tu te fous de moi ?...

Comme je tremblais — j'étais glacée par la peur —,
elle hésita un moment puis me demanda combien elles
étaient.

— Elles sont deux, très maigres, filiformes et absolument semblables. Elles ont voulu me savonner !

— Tu as dû rêver. Tu es tellement fatiguée que tu as
vu le diable et sa femme !

Elle avait peur aussi. Cette gardienne qui avait l'air
méchant devint très gentille tout en restant autoritaire.

— Tu sais où dormir ?

— Je pensais te demander si je pouvais passer la nuit
ici...

— Ici, il n'en est pas question. Ce n'est pas confortable, et puis les deux djnouns risquent de réapparaître la
nuit et de te faire la peau. Une si jolie peau ne dort pas
n'importe où. Tu vas venir chez nous. C'est modeste.
C'est bien. J'habite avec mon frère. Il est plus jeune que
moi.

7

L'Assise

Pour accéder à la maison on a dû traverser plusieurs ruelles imbriquées les unes dans les autres suivant un schéma tracé par le hasard ou par la volonté d'un maçon vicieux. On est passé par la rue dite « la rue d'un seul », espace tellement étroit qu'il ne permet qu'à une seule personne de passer. On raconte que les amoureux s'y donnaient rendez-vous. Chacun la prenant par un bout, arrivés au milieu ils ne se cédaient pas le passage et trouvaient dans ce jeu l'occasion de se toucher. La femme en djellaba, voilée, mettait une main sur son bas-ventre, l'autre sur sa poitrine. L'homme, face à la femme, s'arrêtait un instant jusqu'à sentir sur son visage le souffle de l'aimée. « La rue d'un seul » était alors le rendez-vous caché des baisers et caresses volés, le lieu où les corps aimants se frôlaient, où les yeux se versaient dans le regard de l'inconnu. D'autres regards, cachés derrière des jalousies, observaient ces rencontres.

Les ordures jonchaient le sol. Chaque maison avait son tas d'immondices devant la porte. Ça puait et cela ne semblait déranger personne ; un chat gémissait, imitant la plainte d'un enfant mal aimé. Je suivais l'Assise au corps large. Elle me dit :

— On devrait l'appeler plutôt la rue d'un demi !

Elle donna au passage un coup de pied à un chat au ventre gros. Il ne miaula pas mais poussa un hurlement d'homme blessé. Elle s'arrêta devant une porte scellée avec des barres de fer et des cadenas, puis me dit :

— Derrière cette porte le malheur s'est beaucoup agité. Il a fait des enfants à une femme stérile. Il a provoqué la sécheresse dans le pays, suivie de pluies diluviennes. Le malheur avait son bureau ici. C'était l'agence de la médina. Il y avait un homme normalement constitué mais qui copulait avec sa progéniture. Un jour la maison s'est écroulée sur eux. On ne les a pas déterrés. On a muré portes et fenêtres et on a recouvert le tout de sable et de ciment. Ils sont tous là, la mère, le père et les enfants, unis pour toujours par la terre et le feu de l'enfer. Depuis le malheur s'est calmé. Il continue de se manifester, mais sans catastrophes.

Je me demandais pourquoi elle me racontait ces histoires sinistres. J'étais curieuse de ce qui pourrait m'arriver non de ce qui s'était passé derrière les murs de ces ruelles. En fait, elle me présentait les voisins.

— Là vit une famille sans histoires. Lui est tanneur. Personne n'ose lui serrer la main. Ça dégage une telle odeur... Là vivait un cheval tout seul... Ici il n'y a personne, on ne sait pas pourquoi... Une maison abandonnée c'est comme une histoire inachevée... Là c'est la boutique du laitier. A présent c'est devenu une école coranique, c'est ici que le Consul donne ses cours. C'est tout près de la maison.

La maison avait deux niveaux. Pas très grande, elle dominait les autres. L'été les gens vivaient sur les terrasses. L'Assise m'installa dans une pièce meublée et décorée avec des éléments traditionnels. Elle m'ordonna d'attendre et de ne pas bouger. Je regardais les murs. L'humidité y avait dessiné des taches d'où se dégageaient des figures humaines ridées. A force de les fixer, elles se mettaient à bouger. Au milieu du mur était accroché le portrait d'un vieillard en turban ; il avait l'air malade ; la photo en noir et blanc avait été retouchée avec de la couleur. Tout avait vieilli, le papier, le rouge mis sur les lèvres, le bleu du turban, le teint de la peau. Le temps avait fait son travail et rendu à ce visage la fatigue qui l'habitait au moment de la photo. Ce devait être le père ou le grand-père, une tristesse infinie dans les yeux. Un homme regardait pour la dernière fois le monde. Sa vie, longue, avait dû être traversée par quelque malheur.

L'Assise me tira de ces pensées en me disant :

— C'est notre père. Il n'était pas heureux, et nous non plus. Cette photo a été prise peu de temps avant sa mort. Bon. Le Consul te verra demain...

Après une hésitation et un petit sourire, elle rectifia :

— Plutôt, tu le verras demain. On va manger un peu. Je ne sais pas pourquoi, mais tu m'inspires confiance. Je suis d'un tempérament méfiant. Mais quand je t'ai vue, j'ai tout de suite pensé que nous pourrions nous entendre. J'ai oublié de te demander si tu as envie de travailler, enfin si tu acceptes...

— Je suis disponible. Ce qui pourrait m'arriver serait toujours bien. De quoi s'agit-il ?

— T'occuper du Consul.

— Est-il malade ?

— Non, pas tout à fait. Il est aveugle Il a perdu la vue

68

à l'âge de quatre ans, après une fièvre qui faillit l'emporter.

J'acceptai.

— Tu verras au fur et à mesure ce qu'il y a à faire. Je ne sais rien de toi et tant mieux. Si par malheur tu nous trahis, tu me trouveras sur ta route. Chez moi, les scrupules sont vite congédiés. J'ai tout sacrifié pour mon frère... Je tiens à ce que la paix continue à régner dans cette maison.

Pendant qu'elle parlait, je regardais ailleurs, je pensais à mon père et je le revoyais debout à l'entrée de la maison en train de sermonner ma mère. Ce fut le ton sec de l'Assise qui me rappela mon père.

Il y a des gens qui hurlent quand ils menacent. La colère trouble leurs sentiments. Il y en a d'autres qui parlent sans hausser le ton et ce qu'ils disent vous atteint plus. Ainsi l'Assise non seulement était du genre à ne point s'encombrer de scrupules, mais aussi capable de faire ce qu'elle disait.

Brune, forte, avec un fessier impressionnant — d'où son nom, l'Assise —, elle n'avait pas d'âge. Un visage à la peau lisse, mate. Sa corpulence n'était pas un handicap mais un atout pour le métier qu'elle exerçait. L'Assise au hammam occupe un poste stratégique envié par les Renseignements généraux. Elle sait tout, connaît toutes les familles du quartier, intervient parfois dans les intrigues des uns et des autres, favorise des mariages, arrange des rencontres... Elle est le registre et la mémoire du quartier, la femme du secret et de la confidence, la crainte et la tendresse. Elle filtre les entrées, garde les affaires et maintient par ses interventions le feu au four adjacent au hammam. Elle a de gros seins qui font peur aux enfants mais sont recherchés par les adolescents qui rêvent de fourrer leur tête sous leur poids. Rarement mariée, veuve ou divorcée, l'Assise n'a pas vraiment une vie de famille. Elle est à part dans la société et personne ne se soucie de savoir comment ni avec quel fantôme elle passe ses nuits. On lui prête alors une vie imaginaire où elle serait incestueuse et homosexuelle, tireuse de cartes et jeteuse de sorts, perverse et monstrueuse.

Il fut un temps où l'Assise, cette femme qui a à présent du mal à monter les escaliers, avait eu une jeunesse, un amoureux et peut-être même un mari ; elle avait eu une dot, une maison et des bijoux. Elle avait dû être mince, peut-être même belle. Je la regardais et j'essayais d'extraire de ce corps gras et fatigué l'image de la jeune fille qu'elle avait été. Et puis tout avait basculé en quelques secondes. Tout le monde avait péri dans le tremblement de terre. Elle se retrouva dans les décombres avec son petit frère traumatisé, les yeux fermés à jamais.

Elle me raconta cette histoire un soir où nous n'arrivions pas à dormir. Le Consul ronflait, et nous, nous attendions le matin pour aller chercher les beignets et de la menthe pour le thé. Elle ne me dit rien sur sa vie d'avant la catastrophe. Je me plaisais à l'imaginer heureuse dans une maison, un foyer, avec un homme. Peut-être qu'elle ne se trouvait pas cette nuit-là à Agadir, mais ailleurs, avec un mari qui la battait et qui s'en allait souvent chez les femmes. Il serait parti avec une nièce ou une cousine, loin, hors du pays, sans jamais donner signe.

Je ne dis rien. Dans son regard je captais parfois les traces de quelques humiliations :

— Oui, j'ai été une femme abandonnée ! J'ai été jetée dans la rue, et comme dit le proverbe : « Aucun chat ne fuit une maison où il y a mariage »… S'il est parti c'est qu'il avait de bonnes raisons. « Sais-tu comment on retient un homme ? Avec ça et ça, me dit ma mère posant une main sur le bas-ventre, et l'autre sur les fesses. A présent qui voudra d'un corps qui a déjà servi et mal servi ? Personne ou alors tout le monde. Que vais-je faire d'une divorcée encore mariée, une veuve sans défunt ni héritage, une épouse sans foyer ? Un fardeau, une montagne sur ma poitrine. Que répondre aux cousins et aux voisins ? Ma fille n'a pas donné assez de plaisir à son époux. Qui est allé chercher ailleurs ce qu'il n'a pas trouvé dans son lit légitime ? Non, c'est trop… »

Elle serait partie pour ne plus entendre ces reproches, pour ne plus être l'abandonnée désignée à l'injure et au mépris. Son petit frère l'aurait suivie, il se serait accroché à sa djellaba en pleurant et suppliant. Leur errance avait dû être dure. La faim, le froid et la maladie. Le gosse aurait perdu la vue à cause du trachome. Elle lavait le linge des grandes familles, cuisinait à l'occasion de mariages ou de baptêmes. Elle élevait son frère comme si c'était son enfant. Elle désirait pour lui une vie meilleure, se battait pour lui obtenir une bourse de l'Assistance publique. Il devint instituteur et faisait apprendre le Coran aux enfants du quartier.

Elle le voulait ministre ou ambassadeur. Il n'était que consul dans une ville imaginaire d'un pays fantôme. Ce fut elle qui le nomma à ce poste. Lui, accepta « pour ne pas lui faire de peine », me dira-t-il plus tard. Il jouait le jeu. Elle était contente et lui ne la contrariait jamais.

71

C'était entendu entre eux dans un rapport marqué par des conventions tacites traduites dans un rituel quotidien faisant de ce frère et de cette sœur un couple étrange, ambigu certes mais brouillant les pistes dans un jeu théâtral.

Les premiers temps, je pensais qu'ils s'amusaient ou qu'ils voulaient me distraire. Tantôt ils étaient tyranniques, tantôt ils se laissaient aller à des épanchements romantiques. Leur langage était fleuri, même quand ils criaient. Le rituel le plus important avait lieu le matin. Pour réveiller le Consul, l'Assise se mettait à chanter doucement puis tout en s'approchant de la porte murmurait des vers :

> Ma gazelle, mon foie,
> ma tendresse, mon cœur
> ma belle, mon prince
> lumière de mes yeux
> ouvre tes bras... etc.

Elle mettait le temps qu'il fallait et le réveillait toujours en douceur. Elle lui portait souvent des fleurs, et la première question qu'il posait concernait non leur parfum mais leur couleur. Il en palpait une puis disait : « Ce rouge est trop vif », ou bien : « Ce jaune est agréable au toucher. »

Elle lui baisait la main. Quand il ne la retirait pas c'est qu'il était de bonne humeur et qu'il lui accordait pour la journée sa bénédiction. Ils s'enfermaient ensuite dans la salle de bains où elle le rasait, le parfumait et l'habillait. Ils sortaient ensuite, sa main posée sur la sienne, et avançaient lentement en saluant une foule imaginaire.

Au début j'étouffais des rires. Après, j'appris à jouer le jeu et à être cette foule immense levée très tôt pour saluer le couple princier.

J'étais assise sur un tabouret autour de la table basse où était servi le petit déjeuner. Je l'entendis dire dans le couloir :

— Je sens qu'il y a une fleur dans la maison ; elle manque d'eau... pourquoi ne me l'as-tu pas dit ?

Quand ils entrèrent, je me levai pour saluer le Consul. Il me donna sa main à baiser. Je la serrai et me rassis.

— Fleur, peut-être, rebelle c'est sûr ! dit-il.

Je souris. L'Assise me fit signe de me lever comme pour me dire : « On ne mange pas à la même table que le Consul. »

Nous prîmes, elle et moi, notre petit déjeuner dans la cuisine, en silence.

— Cette maison c'est tout notre bien, me dit l'Assise. Je dois la gouverner et la préserver des regards indécents et jaloux. Je m'occupe de tout. Je dois tout prévoir et surtout faire en sorte que le Consul ne manque de rien. Nous gagnons assez pour vivre. Parfois je suis retenue au hammam et je pense au Consul. Il s'ennuie. Alors il allume la radio. Ça c'est un mauvais signe. Quand il met cette machine en marche c'est qu'il est énervé. Comme je n'en peux plus d'être un homme au hammam, une femme à la maison, et il m'arrive même d'être les deux à la fois dans les deux lieux, je compte sur toi pour m'aider. Il faut que les choses soient claires : le Consul a besoin d'une présence qui le rassure quand je ne suis pas là. Le soir il aime bien qu'on lui fasse de la lecture. Moi je ne sais pas lire. Alors je lui invente des histoires ; quand elles ne lui plaisent pas il s'énerve, il pense que je le traite comme un enfant. J'ai épuisé tout le stock d'histoires que je connaissais. Ces derniers temps il est devenu impatient, brusque, à la limite de la méchanceté. Je souffre. J'ai besoin d'aide. Le programme est pratiquement identique tous les jours de la semaine : la matinée il est à l'école coranique, l'après-midi il fait la sieste, le soir il est disponible. Tu t'occuperas de lui le soir.

8

Le Consul

La première semaine je fus prise d'une étrange somnolence. J'étais ailleurs. Je dormais sans rêver. Je me levais et je restais des heures à traîner dans la maison, seule avec ces objets vieillots, ces tapis laminés et le portrait du père au-dessus de la commode. Je le regardais longuement, jusqu'à brouiller ma vue. J'aimais cet état de paresse et de solitude où je n'avais de comptes à rendre à personne. Le soir, quand le Consul rentrait, j'étais bien éveillée. La journée, le temps s'élargissait et m'offrait un hamac pour m'allonger et poursuivre mes rêveries. Les yeux ouverts je fixais le plafond et les sinuosités dessinées par l'humidité. Le passé m'envahissait, image par image. Je ne pouvais résister à l'arrivée désordonnée de tant de souvenirs. Ils avaient tous la même couleur, celle de l'encre sépia. Des voix, des cris et des soupirs les accompagnaient dans un cortège où je me voyais enfant mais pas telle que les uns et les autres m'avaient fabriquée.

On avait une pièce au fond de la grande maison, une espèce de grenier où on gardait les provisions de blé, d'huile et d'olives pour l'hiver. Une chambre sans fenêtre, obscure et froide, où régnaient les souris et la peur. Mon père m'y avait enfermée une fois. Je ne sais plus pour quelle raison. Je tremblais de rage et de froid. L'image de cette pièce inhospitalière s'imposa en premier à moi. Pour m'en débarrasser, je convoquai, du fond de mon hamac, mon père, ma mère et les sept sœurs, je leur fis signe d'entrer dans la pièce, fermai la porte à double tour, l'aspergeai de pétrole et y mis le feu. Je dus recommencer plusieurs fois cette opération à cause de l'humidité et du vent qui éteignaient les flammes. Le feu tournait autour de ma famille sans l'atteindre. Elle était unie dans l'épreuve et attendait sans bouger la fin de la plaisanterie.

D'un geste de la main je chassai cette image et essayai de m'accrocher à autre chose. Mes rêveries étaient toutes sinistres.

Une rue déserte et étroite. Sur le mur des pierres avaient poussé comme des grenades sèches. Sur des endroits lisses, blanchis à la chaux, des syllabes, des dessins obscènes, des graffiti. Les parents, quand ils sont accompagnés de leurs enfants, évitent de passer par là. Ce fut dans cette rue, aussi large qu'une tombe, que je rencontrai mon père. Nez à nez avec lui, je ne regardais pas le ciel mais je déchiffrais les mots et dessins sur le mur. Je ne lui parlai pas. Je lisais à voix haute ce qu'il y avait sur le mur : « L'amour est un serpent qui glisse entre les cuisses »... « Les couilles sont des pommes tendres »... « Ma verge se lève avant le soleil. » Mon père, qui était adossé au mur, avait la tête placée juste entre d'énormes cuisses ouvertes. De la main je le poussai un peu et je vis, dessiné avec précision, un vagin

76

avec des dents. Au-dessus on avait écrit : « Les dents du plaisir. » Un corps avance ; le seul membre apparent est son sexe, le gland est une tête de mort, tout le corps est un sexe, marchant, souriant, impatient. Tout autour de ce dessin les innombrables noms donnés au sexe féminin : l'huis, la bénédiction, la fissure, la miséricorde, le mendiant, le logis, la tempête, la source, le four, le difficile, la tente, le chaud, la coupole, la folie, l'exquis, la joie, la vallée, le rebelle... Je les épelai un à un et les criai à l'oreille de mon père au visage tout blanc, où aucune expression ne passait. Je le secouai comme pour le réveiller. Il était froid et livide, mort depuis longtemps.

Cette rue étroite, rue de la honte, menait à l'abîme. J'étais curieuse. Je voulais aller jusqu'au bout. Cette rue avait été abandonnée par ses habitants parce qu'une rumeur disait qu'elle conduisait à l'enfer, qu'elle donnait sur une cour où les têtes des morts étaient exposées comme des pastèques. Plus personne ne passait par là. Rue maudite où, de temps en temps, un mort échappé de l'enfer se réfugie.

Je savais que mon père, malgré ses prières et ses aumônes, allait faire un petit séjour en enfer. A présent j'en ai la certitude. Il doit être là-bas à payer ses péchés. Je le rejoindrai probablement un jour, étant la source principale de ses péchés. Mais avant, je vivrai, c'est décidé...

J'étais plongée dans ces pensées quand j'aperçus le Consul entrer dans la cuisine. Je me levai. De sa main, il me fit signe de me rasseoir. Je restai figée à ma place. Il préparait un thé à la menthe. Ses mains connaissaient l'emplacement de chaque chose. Elles n'hésitaient pas, ne cherchaient pas, mais allaient directement vers l'objet. Une fois la théière prête, il me dit :

— Pouvez-vous s'il vous plaît mettre de l'eau à chauffer ?

Il ne touchait jamais au feu. Quand l'eau bouillit, il se leva et la versa dans la théière. Il éteignit le gaz et laissa reposer le thé. En s'asseyant, il me dit :

— Ce thé ne sera pas très bon. Je m'en excuse. La menthe n'est pas fraîche. On a oublié d'en acheter... Vous pouvez servir maintenant.

Nous bûmes le thé en silence. Le Consul avait l'air content. Il me dit :

— Ce n'est pas l'heure du thé, mais j'ai eu une grande envie de thé, comme ça ; alors je suis venu. J'espère que je ne vous dérange pas. J'aurais pu faire venir un verre de thé de chez le cafetier du coin, mais j'avais envie de le prendre ici.

Je ne savais quoi répondre ; il me dit :

— Pourquoi rougissez-vous ?

Je mis mes mains sur mes joues ; elles étaient chaudes ; je devais rougir. J'étais impressionnée par l'élégance et la grâce de ses gestes. Je n'osais le regarder ; il semblait être pourvu d'un autre sens qui le renseignait directement. Je m'éloignai un peu et l'observai. Je ne sais plus s'il était beau mais il avait, comme on dit, une présence ; non, mieux que ça... Il était... Il m'intimidait.

Après le thé, il se leva :

— Il faut que j'y aille ; les gosses sont terribles. J'essaie de leur faire apprendre le Coran comme je l'aurais fait avec une belle poésie, mais ils posent des questions embarrassantes, du genre : « C'est vrai que les chrétiens iront tous en enfer ? » ou alors : « Puisque l'islam est la meilleure des religions, pourquoi Dieu a attendu si longtemps pour la faire répandre ? » Pour toute réponse je répète la question en levant les yeux au plafond : « Pourquoi l'islam est arrivé si tard ? »... Peut-être que vous, vous connaissez la réponse ?

— J'y ai déjà pensé. Mais voyez-vous, je suis comme vous, j'aime le Coran comme une poésie superbe, et j'ai horreur de ceux qui l'exploitent en parasites et qui limitent la liberté de la pensée. Ce sont des hypocrites. D'ailleurs le Coran en parle...

— Oui, je vois... je vois...

Après un silence il cita le verset 2 de la sourate « Les impies » :

— « Ils se font un voile de leurs serments. Ils écartent les hommes des voies du salut. Leurs actions sont marquées au coin de l'iniquité »... Des croyants fanatiques ou des impies. Qu'importe, ils se ressemblent et je n'ai aucune envie de les fréquenter.

— Moi je les connais bien. J'ai eu affaire à eux avant. Ils invoquent la religion pour écraser et dominer. Et moi, j'invoque à présent le droit à la liberté de penser, de croire ou de ne pas croire. Cela ne regarde que ma conscience. J'ai déjà négocié ma liberté avec la nuit et ses fantômes.

— J'aime quand vous souriez.

J'avais en effet esquissé un petit sourire en parlant de la nuit. Il me demanda de lui prêter un mouchoir propre. Il retira ses lunettes noires et les essuya méticuleusement avec le mouchoir. En sortant, il s'arrêta un instant devant le miroir, ajusta sa djellaba et se peigna.

Je mis de l'ordre dans la maison et m'enfermai dans la salle d'eau. Il n'y avait ni lavabo ni baignoire, mais des cuvettes déposées sous des robinets d'eau froide. Je me regardai dans une petite glace. J'avais maigri. Mes seins pointaient. Je passai mes mains entre mes cuisses. J'avais encore mal. Je n'étais plus vierge. Mes doigts, en experts, confirmèrent ce que je soupçonnais déjà. La rencontre dans le bois avait été brutale et aveugle. Ce souvenir n'était empreint d'aucun sentiment ou jugement. Pour moi ce fut une péripétie parmi tant d'autres que je vécus sans dramatisation. Les choses devaient traverser mon corps sans laisser de blessures. J'avais décidé cela en toute sérénité. Je m'appliquais dans l'exercice de l'oubli. C'était essentiel de ne plus être encombrée de vingt ans d'une vie trafiquée, de ne plus regarder en arrière et de donner des coups de pied à une horde de souvenirs qui couraient après moi et qui rivalisaient dans l'inavouable, l'exécrable et l'insupportable. Je savais que j'allais être harcelée pendant quelque temps par ce paquet de cordes nouées. Pour les repousser, il fallait s'absenter, ne pas être là quand ils frappent à la porte de mon sommeil. Alors je décidai de m'occuper sérieusement de la maison et du Consul ; devenir une femme, cultiver ma sensibilité et redonner à mon corps la douceur dont il était privé.

La chambre du Consul était éclairée par deux fenêtres. Propre, ordonnée, agréable, elle était décorée avec goût. Il y avait un mélange de couleurs dans les tissus ; un tapis berbère rendait ce lieu gai et chaleureux. A côté du lit une petite bibliothèque de livres en braille. Sur la table de chevet, un réveil, une photo représentant le Consul et sa sœur, un cendrier, une carafe d'eau et un verre. Au fond de la pièce une table sur laquelle était posée une machine à écrire d'où dépassait une page à moitié dactylographiée. Je me retins pour ne pas lire ne serait-ce que la première ligne. J'étais très curieuse. Je m'éloignai puis essayai de déchiffrer quelques mots. A la mise en pages je conclus que ce devait être un journal intime. Sur la table, une chemise rouge contenant un paquet de feuilles. Je rougis. J'avais honte. Je m'en voulais d'avoir découvert ce secret. Le Consul tenait un journal, probablement à l'insu de sa sœur.

Le soir eut lieu le premier incident depuis mon arrivée dans cette maison. L'Assise arriva chargée de provisions pour le dîner et alla directement à la cuisine. En entrant elle aperçut la théière encore pleine de menthe et les deux verres que j'avais oublié de rincer. Elle déposa son panier puis me demanda si quelqu'un était venu dans la journée. Je lui dis que personne n'était venu.

— Mais qui a bu le thé ?

— Le Consul et moi.

— Le Consul ne boit jamais de thé à la maison dans la journée.

— Mais si ! il est venu dans la matinée, et c'est lui-même qui l'a préparé. Tu peux lui demander de te raconter comment ça s'est passé...

— Non. Il travaille dans sa chambre. Il ne faut pas le déranger. Le thé était bon ?

— Oui, peu sucré, comme je l'aime....

De sa chambre le Consul fit son commentaire :

— Le thé était bon et le moment passé avec notre Invitée était meilleur !

L'Assise se tut. Elle était de mauvaise humeur. Je

voulais l'aider. Elle refusa et me demanda d'aller laver les pieds du Consul.

— C'est l'heure. Mets de l'eau à chauffer et prépare la serviette et le parfum.

Je n'avais jamais lavé les pieds d'un homme. Le Consul, assis sur un fauteuil[1], tendait son pied droit pour être massé pendant que le gauche trempait dans l'eau chaude. Je le massais mal. Sans s'énerver, il me prit la main et me la massa doucement.

— Il ne faut pas frotter ou presser. Le massage est entre les deux, c'est une caresse qui traverse la peau et circule à l'intérieur accompagnée de petits frissons très agréables.

Après cette leçon, je me remis à genoux et essayai de trouver le geste juste. Ses pieds n'étaient pas grands. Il devait chausser du trente-neuf. Je les massais lentement. Manifestement il était content. Il souriait et répétait dans une exclamation de plaisir : « Allah ! Allah ! »

Malgré l'incident au début de la soirée, le dîner se passa bien. La sœur était fatiguée. Elle se leva et me dit :

— Tu lui feras la lecture.

— Non, pas ce soir, dit le Consul. Ce soir je vais poursuivre avec notre Invitée la discussion de ce matin.

Il me pria de le suivre sur la terrasse.

— Là, les nuits sont douces et belles, surtout en cette saison où l'été s'achève sans se presser. Et puis j'aime bien quand le ciel est entièrement étoilé. Dans deux jours la lune sera pleine. Vous verrez comme c'est beau.

Il y avait par terre un tapis et deux coussins. La ville ne dormait pas encore. On apercevait d'autres gens sur des terrasses en train de dîner ou de jouer aux cartes. Je les regardais quand il me dit de jeter un coup d'œil plus attentif sur la troisième terrasse à notre droite.

— Y sont-ils ?

— Qui ?

— Un homme et une femme, jeunes, pas mariés ; ils se retrouvent souvent sur la terrasse pour s'aimer. Ils s'embrassent, s'enlacent et se murmurent des mots tendres dans l'oreille. Quand je me sens seul, je viens ici, et je sais qu'ils me tiennent compagnie. Eux ne me voient pas. Moi non plus d'ailleurs. Je les sens et je les aime bien. Ils volent quelques heures de bonheur. Je suis heureux d'être un témoin discret de ce bonheur. Vous savez, il m'arrive parfois de vivre par procuration. Ce n'est pas bien grave. Il ne faut pas que ça se répète trop. Enfin, je ne vais pas vous ennuyer avec mes petites histoires. De quoi parlions-nous ce matin ?

— De l'islam.

— L'islam ! Peut-être que nous sommes indignes de la noblesse de cette religion.

— Toute religion n'est-elle pas basée sur la culpabilité ? Moi j'ai renoncé, je suis une renoncée dans le sens mystique, un peu comme Al Hallaj.

— Je ne comprends pas bien...

— Je suis en rupture avec le monde, du moins avec mon passé. J'ai tout arraché. Je suis une arrachée volontaire, et j'essaie d'être heureuse, c'est-à-dire de vivre selon mes moyens, avec mon propre corps. J'ai arraché les racines et les masques. Je suis une errance qu'aucune religion ne retient. Je vais et traverse les mythes, indifférente...

— C'est ce qu'on appelle la liberté...

— Oui, se dépouiller de tout, ne rien posséder pour ne pas être possédée. Libre, c'est-à-dire disponible, en avance sur les entraves, peut-être en avance sur le temps.

— Vous me rappelez cette phrase du Zen : « A l'origine, l'homme n'a rien. »

— L'homme n'a rien à l'origine, c'est vrai, et il devrait ne rien avoir à la fin. Or on a inculqué à l'homme le besoin de posséder : une maison, des parents, des enfants, des pierres, des titres de propriété, de l'argent, de l'or, des gens... Moi, je suis en train d'apprendre à ne rien posséder.

— Cette soif de posséder et de consommer traduit chez nous un manque immense. Quelque chose d'essentiel nous manque. On ne le sait même pas. J'ai connu un grand monsieur qui vivait les mains dans les poches, sans maison, sans bagage, sans attaches. Il est mort comme il était né : sans rien. C'était un poète, l'homme de la parole donnée...

— Posséder, accumuler, mettre de côté comme on dit, n'est-ce pas exposer un peu plus chaque jour notre dignité, la mettre à l'épreuve ?

Pendant que nous échangions ces pensées, le Consul hachait méthodiquement quelques feuilles sèches de kif sur une planche conçue à cet effet. Au début je n'avais pas fait attention. Ses mains travaillaient sans hésitation, avec patience et métier. Il bourra une première pipe, l'alluma, tira une bouffée puis éjecta la petite braise. Il dit, comme s'il s'adressait à lui-même : « C'est bon », bourra une pipe puis me la tendit :

— Je ne sais pas si vous aimez ça ! Je crois qu'il est de bonne qualité. De temps en temps je fume une pipe ou deux, ça m'aide à remettre les choses à leur place, ça m'aide à voir clair en moi-même, sans jeu de mots bien sûr !

Il m'était arrivé, dans ma vie antérieure, de fumer du kif. Je n'en gardais pas un bon souvenir. Cette nuit-là tout était bon, même le kif. Je me sentais en confiance. Je sortais à peine de l'enfer.

Cet homme dont j'appris à laver les pieds tous les soirs n'était pas mon maître et je n'étais pas son esclave. C'était déjà quelqu'un de proche. J'oubliais sa cécité et je m'adressais à lui comme à un ami de longue date. Lui-même me le fit remarquer un soir sur la terrasse :

— Pour nous entendre si bien, nous devons probablement avoir, cachée en nous, une même blessure, je ne dirai pas une même infirmité — les aveugles sont agressifs et méchants entre eux —, mais quelque chose de brisé qui nous rapproche.

Ayant décidé d'enterrer définitivement mon passé je ne répondis pas à cette remarque. J'avais déjà apprécié le fait qu'à aucun moment le Consul n'avait cherché à connaître les éléments de ma vie antérieure. Comment lui dire que ma vie commençait, qu'un rideau épais avait été tiré sur une scène où les êtres et les objets étaient couverts de la même poussière, celle de l'oubli absolu ? Je luttais en silence, sans rien laisser apparaître, pour sortir une fois pour toutes de ce labyrinthe malsain. Je me battais contre la culpabilité, contre la religion, contre la morale, contre les choses qui menaçaient de resurgir, comme pour me compromettre, me salir, me trahir et démolir le peu que j'essayais de sauvegarder dans mon être.

La rencontre avec le Consul fut un bienfait important, doublé de quelques difficultés survenues dans la vie quotidienne. Cet homme avait son univers où il évoluait selon son propre rythme. Il avait ses habitudes, certains plis, un rituel qui pouvait paraître ridicule ou insensé. Tout cela était entretenu par sa sœur qui exerçait par là son pouvoir. Moi, je ne savais où me mettre. Engagée un peu par hasard, je ne connaissais pas encore quel devait être réellement mon travail. L'Assise m'avait vaguement dit ce qu'il fallait faire. Mais lui ne disait rien. J'étais là, pas tout à fait à ses ordres, mais je devais être disponible tout le temps. En général j'aime bien savoir où je vais. Là, j'étais dans le brouillard et j'aimais cela! Cela me rappelle une scène où nous étions, tous les trois, enveloppés dans le brouillard.

Un soir après dîner, le Consul s'adressa à sa sœur avec autorité :

— Demain, tu feras nettoyer le hammam. J'ai décidé que nous irons nous laver tous les trois.

— Mais ce n'est pas possible !

— Si, ce sera possible ; demain le hammam sera réservé à la famille. Nous irons, toi, notre Invitée et moi...

— Mais...

— Il n'y a rien à craindre. Je ne risque pas de surprendre votre intimité...

Moi, je ne dis rien. Je sentis que l'Assise comptait sur ma complicité pour faire échec à ce projet. Non seulement je me taisais, mais j'étais contente et curieuse à l'idée de nous laver en famille.

— C'est bon, dit la sœur. Les dernières clientes partent vers neuf heures. Vous viendrez avant dix heures.

Elle se leva et s'enferma dans sa chambre. Le Consul était content quoique un peu inquiet :

— Je n'aime pas voir ma sœur fâchée. Elle doit s'imaginer que je fais ça contre elle. J'ai de temps en temps des idées bizarres. C'est ma façon d'être nerveux. Au fait, je ne vous ai pas demandé votre avis. Ça ne vous dérangerait pas de...

— On verra demain !

— Je vous dis ça parce que vous êtes une femme, vous êtes même, d'après ce que je sens, très féminine... alors vous retrouver dans l'obscurité et la vapeur avec un homme...

— Vous avez raison. Je ne veux pas que votre sœur pense que c'est une idée à moi, une sorte de complot contre elle...

9

Le pacte

Seule la salle principale du hammam est un peu
éclairée ; les deux autres sont obscures. Il y a une
pénombre où une bonne vue pourrait à peine distinguer
un fil blanc d'un fil noir. Si l'ambiguïté de l'âme avait
une lumière, ce ne pourrait être que celle-là. La vapeur
habille les corps nus. L'humidité, ruisselant en goutte-
lettes grises sur les murs, se nourrit des palabres qui ont
lieu à longueur de temps dans ce salon. Vidé puis
nettoyé, le hammam nous était réservé. L'Assise, en
maîtresse des lieux, entra la première prenant par la
main le Consul. Moi, je suivais sans rien dire. Je revoyais
mon arrivée, deux mois auparavant, dans ce lieu, où je
pus me laver de justesse, pressée par l'Assise qui voulait
fermer et tourmentée par deux sorcières qui voulaient
me faire la peau. Je marchais lentement en scrutant les
murs. Dans la salle du fond, la plus obscure, m'apparut
un fantôme, le corps d'une jeune fille, suspendu au
plafond. Plus je m'approchais, plus le corps vieillissait,
jusqu'au moment où je fus face à face avec ma mère,
édentée, les cheveux éparpillés en touffes sur la nuque et
le visage. Je repartis à reculons et rejoignis dans la salle
du milieu le Consul et sa sœur. J'étais persuadée que mes

souvenirs se nourrissaient du sang des morts et venaient le verser dans le mien. Le mélange provoquait chez moi des hallucinations où des corps secs réclamaient leur sang. Je décidai de n'en parler à personne. Cette histoire de sang mélangé me poursuivait depuis la mort de mon père. Le travail de l'oubli se faisait tant bien que mal. J'avançais malgré tout dans l'enterrement des êtres et des choses. Le bain est en général un lieu propice pour les visions. Les fantômes l'occupent la nuit pour leurs conversations secrètes. Tôt le matin, quand on ouvre les portes, on sent une odeur de mort, et on trouve par terre des épluchures de cacahuètes. C'est bien connu, les fantômes parlent en mangeant. Ce que je vis en arrivant à la chambre médiane n'était pas une vision : la sœur, avec juste une serviette autour de la taille, était assise sur le Consul étendu à plat ventre. Elle le massait en étirant ses membres, accompagnant ses gestes de petits cris qui n'étaient pas des cris de plaisir mais ressemblaient quand même au bruit de baisers rentrés. C'était curieux de les voir dans cette position et d'entendre le Consul dire : « Allah ! Allah ! » comme lorsque je lui lavais les pieds. Une petite claque sur la fesse suffisait pour que le Consul changeât de position. Lui qui était mince et long se retrouvait entièrement imbriqué, noué, au corps gras et lourd de l'Assise. Ils en tiraient tous les deux un plaisir certain. Je les laissai terminer leurs exercices et m'isolai dans la salle d'entrée où il faisait frais. J'avais noué autour de la taille une serviette assez large et me mis à me laver les cheveux, quand apparut devant moi, grotesque dans sa nudité, l'Assise qui m'ordonna de les rejoindre.

— Qu'est-ce que t'as à cacher ? Ce que tu as, je l'ai, et

mon frère ne voit pas. Alors, mets-toi à l'aise et viens avec nous.

Je pensais que c'était un ordre du Consul. Je rinçai mes cheveux et allai près d'eux. Ils étaient assis au milieu, les jambes écartées, et mangeaient des œufs durs et des olives rouges. C'était la tradition. Elle me tendit un œuf. Il n'était pas assez cuit. Le jaune dégoulinait entre mes doigts. J'eus un début de nausée. Je sentis un moment que j'étais devenue un jouet entre les mains d'un couple infernal. Ce sentiment se renforça lorsque l'Assise me demanda de lui savonner le dos et les fesses. Le Consul rigolait en silence. Elle était ridicule avec son derrière en l'air. J'avais l'impression de laver une montagne morte. Elle s'était endormie et ronflait. Le Consul mit sa main sur mon sein gauche. Il s'excusa. C'était l'épaule qu'il voulait toucher. Il me demanda de la laisser dormir. Son corps était fin. Sous la serviette, son sexe était en érection. Je me tenais à distance. Il le remarqua à ma voix. Il était très fort pour mesurer les distances par la voix. Il me dit qu'il était heureux de se trouver avec moi dans le hammam. Je lui dis que l'œuf m'avait donné la nausée. Je me levai et me précipitai pour vomir dans un coin ce que je venais d'avaler. Cette atmosphère de pénombre, de vapeur et d'humidité, avec en plus la présence de deux femmes, provoquait chez le Consul une excitation sexuelle évidente. J'appris alors que les aveugles ne pouvaient avoir de fantasmes à base d'images, mais à partir d'odeurs, de situations concrètes avec parfois une mise en scène. Le Consul s'était retiré dans un coin sombre, la face contre le mur. Je savais que si je le laissais me toucher il perdrait son sang-froid. Il me demanda à voix basse de lui passer le savon sur le dos. Je refusai. Il n'insista pas. Je n'avais aucun désir. Il me suffisait de regarder l'Assise étalée au milieu du hammam pour avoir de nouveau la nausée. Je me lavai assez vite et sortis vers la salle de repos. J'étais si fatiguée que je m'endormis.

Étais-je dans le sommeil ou dans le hammam ? J'entendis des cris langoureux, suivis de râles. Et je vis — en fait je crois avoir vu — le Consul recroquevillé dans les bras de sa sœur. Elle lui donnait le sein. Il tétait comme un enfant. Je ne réussis pas à savoir lequel des deux poussait ces râles de plaisir. La scène durait depuis un bon moment. Je les observais, mais eux ne pouvaient pas me voir. Comment était-ce possible ? Cet homme si fin, si intelligent, réduit à l'état d'enfance dans les bras de cette femme ! Pendant qu'il tétait, elle lui massait les pieds et les jambes. Il devait passer par tous ces détours pour satisfaire son besoin.

Lorsque je les vis sortir tous les deux enveloppés dans de grandes serviettes, je compris qu'un pacte secret les unissait pour la vie jusqu'à la mort. Ils étaient heureux et reposés. Peut-être que le Consul avait l'intention de m'introduire dans leur secret et de m'offrir une part de cette complicité qui les liait tous les deux. Il eut l'air contrarié quand la sœur lui apprit que je m'étais retirée assez vite du hammam. Je pensais qu'il l'aurait senti ; mais tous ses sens étaient occupés par le délassement du corps. Je savais les aveugles très susceptibles. Le Consul essayait de maîtriser sa colère. Au lieu de me désintéresser de ses humeurs, je fus moi aussi affectée par ce qui venait de se passer. Le Consul ne dormit pas cette nuit. Je l'entendis taper à la machine. L'Assise ronflait tranquillement. Et moi j'attendais le matin. Plusieurs fois j'eus une grande envie de pousser la porte du Consul, de m'asseoir dans un coin et de le regarder écrire. J'avais peur de sa réaction. Il était énervé. Probablement à cause de mon comportement. J'étais troublée. Mes émotions étaient contradictoires : la panique se mêlait à une joie étrange. Quelque chose s'était rompu dans l'équilibre à la base de nos rapports. Des rapports certes ambigus, mais francs, tout nouveaux, marqués par les promesses du temps et la courtoisie des sentiments encore indéfinis. Cela n'avait rien à voir avec les foudres d'une passion soudaine et déchaînée. C'était peut-être une passion, mais balbutiante, encore à l'enfance de son expression.

La seule passion que j'avais connue, c'était celle que j'avais pour mon père. Je l'avais menée jusqu'au bout, jusqu'à la haine, puis la mort et la haine après la mort. Mais elle avait tout détruit sur son passage. Le malheur est la substance même de toute passion. Il en est le noyau, le moteur et la raison. On ne le sait pas au début. C'est plus tard, quand la bourrasque a fait son travail, qu'on découvre que le malheur a lui aussi fait son ouvrage. C'est pour cela que j'avançais avec prudence et crainte. J'avais décidé de rester observatrice et même passive. Il fallait faire le propre dans une conscience, laisser le temps à la peau de muer et aux souvenirs de s'éteindre définitivement. Je prétextais une angine et restais dormir dans la chambre. Il fallait laisser passer quelques jours entre l'incident du hammam et la reprise des conversations avec le Consul. Je sentais qu'il m'était difficile de l'affronter. Rien ne lui échappait. Il sentait tout. Il était au courant des moindres mouvements de l'âme de l'être auquel il s'intéressait.

Un jour, j'étais encore alitée, il frappa à ma porte et me proposa de nous retrouver au moment du crépuscule sur la terrasse. Il me dit que la journée était belle, que la lumière était très douce, et que c'était le climat idéal pour se parler. Sans ouvrir la porte je lui répondis : « Avec joie ! »

J'étais sincère. La joie m'emplissait le cœur. Cela faisait une dizaine de jours que nous ne nous étions pas parlé. Les choses revenaient lentement à leur place. L'Assise boudait. Elle me laissait tout le travail ménager à faire. Une façon pour elle de me rappeler que ma tâche était celle d'une domestique ou au mieux d'une femme de ménage. Or, dès le départ, le Consul m'avait traitée autrement. Je n'étais ni une bonne ni une infirmière pour handicapé. L'Assise essayait par de misérables astuces de me détacher du Consul. Elle installa dans un coin de la cuisine un matelas et m'indiqua que c'était là dorénavant ma chambre. Je ne protestai pas. Elle était chez elle. Cela ne me dérangeait pas. Dormir entre les marmites, à la belle étoile ou dans une chambre confortable m'était égal. Je n'avais pas de bagages à déménager. Je dormis dans la cuisine et fis un rêve merveilleux. Il y était question de voyage, de bateau et de baignades dans une eau pure.

Le matin j'entendis une dispute entre l'Assise et son frère. C'était bref mais vif. Était-ce une mise en scène faisant partie d'un scénario élaboré autour de ma présence dans cette maison ? Ou bien n'était-ce qu'une des colères de l'aveugle dont l'une des manies n'aurait pas été respectée ? Peut-être reprochait-il à sa sœur de m'avoir exilée dans la cuisine... A la limite, je ne voulais pas savoir. Je n'avais pas à intervenir dans leurs histoires. Je me taisais et considérais que l'attention que me témoignait le Consul était déjà beaucoup. Après tout je n'étais qu'une étrangère, une vagabonde, sans papiers, sans identité, sans bagages, venant du néant et allant vers l'inconnu. Avoir été recueillie les premiers jours de mon errance ne m'était pas indifférent. Le fait d'avoir rencontré cet homme, complexe, cultivé, et intimidant, devenait de plus en plus un événement majeur dans ma vie (là, je ne fais pas de différence entre l'antérieure et la nouvelle). Ma vie avec tout ce qu'elle a drainé, connu, et défait.

Je faisais la vaisselle et mettais de l'ordre dans la cuisine avant de me coucher. Les cafards et les fourmis me tenaient compagnie. Généralement, même chez les grandes familles, c'est dans la cuisine qu'on fait dormir les bonnes. Par cet exil, l'Assise me signifiait ma véritable fonction et les limites de ce que je pouvais faire et dire.

Cette situation ne dura pas longtemps. Le Consul vint me voir un soir et me demanda de reprendre ma chambre. Je refusai. Il insista puis me dit :

— C'est un ordre !

— Votre sœur...

— Oui je sais. Je lui en ai parlé. Elle regrette. Elle ne va pas bien en ce moment. Ses rhumatismes l'ont reprise, et elle est de mauvaise humeur.

— Moi, j'obéis à votre sœur. C'est elle qui m'a installée ici, c'est elle qui devra m'indiquer ma nouvelle place dans cette maison.

— Vous avez raison. Parfois il faut mettre de côté la raison. Je vous le demande...

Puis, après un silence où je sentais qu'il cherchait des

mots appropriés pour me dire quelque chose de grave, il ajouta :

— Je n'aime pas vous savoir loin, dans cette pièce qui sent la graisse et les tajines réchauffés.

A ce moment apparut l'Assise, les cheveux défaits, la mine fatiguée :

— Il a raison. Ne reste pas là.

Puis elle disparut.

Sur la terrasse, il y avait la petite table, une pipe de kif, une théière et deux verres. Il m'invita à lui tenir compagnie. Et il parla une bonne partie de la nuit :

— J'ai vu des pays fabuleux où les arbres se penchaient pour me donner de l'ombre, où il pleuvait des cristaux, où des oiseaux de toutes les couleurs me devançaient pour me montrer le chemin, où le vent m'apportait des parfums, des pays à l'écorce transparente où je m'isolais des heures et des jours. J'y ai rencontré des prophètes à l'âme gaie, des amis d'enfance que j'avais perdu de vue, des filles dont j'étais amoureux quand j'étais petit ; je me suis promené dans un jardin exotique où il n'y avait ni barrière ni gardien. J'ai marché sur des nénuphars aussi larges qu'un tapis. J'ai dormi sur un banc sans que personne me dérange. Mon sommeil était bon, je veux dire profond, lourd et apaisant. Je n'avais pas la moindre inquiétude. J'étais en paix avec moi-même et avec les autres. Mais, pour vous dire toute la vérité, les autres avaient été expulsés de ces pays. C'est pour cela que je les trouvais fabuleux. Les gens passaient sans s'arrêter. Ils étaient pressés. Moi, j'allais lentement, je m'étonnais face aux couleurs magnifiques dont se chargeait le ciel au moment du crépuscule. Je remarquais que les gens allaient tous dans la même direction. Je les ai suivis, par curiosité et aussi parce que je n'avais rien à faire de précis. Ils s'arrêtaient tous devant un immense hangar à la sortie de la ville. Tout autour il n'y avait ni maisons, ni arbres, ni prairies. Le hangar, peint en bleu, s'élevait au milieu d'un terrain sec et immense. On entrait par une porte et on sortait par une autre, les bras chargés de petits paquets. C'était curieux. Je me mis dans la queue comme tout le monde sans savoir pourquoi. Ce qui était aussi remarquable c'est que les gens étaient disciplinés. Comme vous le savez, chez nous le sens civique est plutôt rare. Arrivé à la porte d'entrée j'ai vu d'immenses panneaux au-dessus de grandes étagères. Chaque panneau portait une lettre de l'alphabet. Ce hangar était un dépôt de mots. C'était le dictionnaire de la ville. Les gens y venaient s'approvisionner de mots et même de phrases dont ils pouvaient avoir besoin dans la semaine. Il n'y avait pas que des muets ou des bègues ; il y avait aussi ceux connus pour n'avoir rien à dire, qui se répétaient sans s'en rendre compte ; il y avait les bavards qui manquaient de mots ; il y avait ceux qui arrivaient avec un mot sur le bout de la langue et qui se regardaient dans un miroir pour retrouver le mot en question ; il y avait ceux qui faisaient souvent des contresens et qui se trompaient d'étagère ; ceux-là étaient pris en main par un guide ; il y avait aussi certains qui aimaient faire des mélanges de syllabes ; ils prétendaient inventer une nouvelle langue. En tout cas le hangar était comme une marmite sur le feu. Je me suis promené à travers les couloirs. Il y avait des mots entassés, couverts d'une couche de poussière. Personne ne s'en servait. Il y en avait des piles jusqu'au plafond. Je me suis dit ou bien ce sont des mots dont les gens n'ont

96

plus besoin, ou bien ils les ont pris une fois pour toutes et les ont stockés chez eux. Je suis sorti du hangar par la porte de service, dissimulée dans le mur avec des étagères où sont déposés les mots cassés, abîmés ainsi que des mots anciens très usés et que personne n'utilise. Je vous laisse deviner ces mots, comme je passe sous silence les mots grossiers entreposés dans un coin obscur et recouverts d'un voile rouge vif. Comme dans les histoires merveilleuses, en poussant cette porte, je me suis trouvé dans une cave immense, bien éclairée, où se promenaient des femmes brunes, blondes, rousses, des femmes jeunes, chacune représentant un type de beauté, un pays, une race, une sensibilité. Elles allaient et venaient mais ne se parlaient pas. Certaines étaient assises et somnolaient. D'autres s'agitaient toutes seules, vantant le produit qu'elles portaient en elles. Ce terri- toire immense sous la terre était la bibliothèque de la ville. Je fus abordé par une superbe créature qui se mit à me dire : « Je venais de finir à vingt-deux ans mes études à l'université de Göttingen. L'intention de mon père, ministre de l'électeur de (un silence), était que je voyage dans les pays les plus remarquables de l'Europe... » Puis, après un temps d'arrêt : « Je suis Adolphe... Prenez-moi, je suis une histoire d'amour ; elle se termine mal ; c'est la vie... » Bien sûr j'ai tout de suite pensé à l'histoire de ce pays imaginaire où tous les livres furent brûlés et où chaque citoyen dut apprendre par cœur un livre pour perpétuer la littérature et la poésie. Là c'était différent. Les livres n'étaient pas interdits ou brûlés. Mais une firme avait engagé de jolies femmes qui apprenaient par cœur un roman, un conte ou une pièce de théâtre, et qui se proposaient, moyennant finances,

de venir chez vous pour se faire lire, ou plus exactement
pour dire le livre qu'elles avaient appris. Ce devait être
un marché clandestin. On me fit payer un ticket à
l'entrée. Une femme d'un certain âge était assise sur un
sofa. Elle n'était pas belle, mais avait quelque chose
d'étrange et d'attirant dans le regard. Quand je m'approchai d'elle, elle me dit : « Je suis *Risalat al-Ghufran,*
Épître du pardon, un livre fondamental que peu de gens
ont vraiment lu, j'ai été écrit en l'an 1033, et mon
créateur était né à Ma'rat al-Nu'man, en Syrie du Nord,
dans la région d'Alep... Je suis un livre difficile où les
morts dialoguent, où les comptes sont réglés à coups de
diatribes poétiques, où le séjour au paradis est plus long
que celui en enfer... » Cette bibliothèque humaine était
très animée. Il y avait même une très jeune fille qui se
balançait sur un trapèze et récitait *Ulysse* : « ... je ne vais
tout de même pas coller ici toute la nuit comme une
patelle. Ce temps-là est abrutissant. Il ne doit pas être
loin de neuf heures d'après la lumière... » Dans une
pièce décorée à l'orientale, une dizaine de belles
femmes, toutes habillées en Schéhérazade, se proposaient de raconter chacune une partie des *Mille et Une
Nuits*. On était en pleine féerie. Je vous le disais au
début, c'était un pays extraordinaire. Cette bibliothèque
était une merveille. En la quittant un homme âgé, tout
de blanc vêtu, s'approcha et murmura dans mon oreille :
« C'est un sacrilège de s'identifier à une œuvre. Se
prendre pour *les Jours* de Taha Hussein, ou *la Comédie
humaine* de Balzac, quel culot ! Moi, je ne suis qu'un
lecteur, un pauvre lecteur du Coran... Vous vous
imaginez quelle hérésie je commettrais en me prenant
pour le Livre saint... Autant rendre les clés du monde et

s'adonner à la folie totale... Cela dit si vous avez besoin de quelqu'un pour lire quelques versets sur la tombe de vos parents, je suis votre homme... » C'est un pays fabuleux. Un pays éclairé par les lumières de mes nuits d'insomnie. Quand je le quitte, je deviens triste. Il me manque à chaque fois que j'ouvre mes yeux sur les ténèbres éternelles. Ma seule volonté et mon désir ne suffisent pas à me faire ouvrir de nouveau les portes de ce pays. Il faut un état de grâce, une disposition particulière pour cela. En fait c'est le pays qui vient vers moi. C'est lui qui me rend visite avec ses jardins, ses palais et ses souterrains où grouille une vie fantastique. C'est mon secret et mon bonheur. Mais j'avoue que parfois tous ces mirages me fatiguent. Ils me harcèlent par leur beauté irréelle. Mais la vie est ainsi faite. Depuis que vous êtes dans la maison je sens moins le besoin d'aller me perdre dans les labyrinthes de ce territoire mouvant. Peut-être êtes-vous native de ce pays ? Je me suis déjà posé la question. Je dis cela à cause du parfum de votre présence. Ce n'est pas un parfum qui sort d'un flacon, mais il émane de votre peau. C'est le parfum unique de l'être. Je suis particulièrement doué pour repérer ce signe. Excusez-moi. J'ai parlé longtemps. J'ai dû abuser de votre patience. Vous avez peut-être sommeil. Nous n'avons même pas bu le thé. Il est froid à présent. Bonne nuit !

Je dormis sans difficulté et toute la nuit je rêvai du pays magique. Tout y était flamboyant mais je n'ai pas trouvé le chemin de la bibliothèque.

10

Âme défaite

Au début je n'avais pas remarqué ou plutôt je ne voulais pas voir que le visage de l'Assise était ravagé par la haine. La haine de soi, plus que la haine des autres. Mais il était difficile de le distinguer. On pouvait lire sur ce visage, surtout quand il dormait, les traces de plusieurs défaites. Cette dévastation n'était pas un masque mais une souffrance quotidienne. Seul l'exercice de la haine protégeait cette femme de la déchéance physique et repoussait la mort. Une mort qui ne serait pas provoquée par la destruction du corps mais par un immense désespoir, une tristesse et une impuissance infinies menant vers les ténèbres.

Un soir après le dîner, alors que le Consul tapait à la machine, l'Assise vint vers moi et me proposa de prendre un thé avec elle sur la terrasse.

— Le thé m'empêche de dormir, lui dis-je.

— Alors je te ferai une verveine, mais ce que j'ai à te dire t'enlèvera le sommeil.

— Qu'as-tu à me dire?

— Ne crains rien! Je vais te dire qui je suis. C'est tout. Et quand tu sauras qui habite derrière ce visage peut-être perdras-tu le sommeil.

Elle fit les mêmes gestes que le Consul, prépara du kif, fuma deux ou trois pipes et se mit à parler. Moi je buvais ma verveine et l'écoutais, au début parce que j'y étais contrainte, après parce que c'était terrible. Elle parlait plus vite que d'habitude et observait parfois des silences assez longs :

— Je sais ce que tu penses de moi. Tu ne penses rien, en tout cas pas de mal. Pas encore. Tu m'intrigues par ta patience, on dirait de l'indifférence ou de la passivité. Parfois cette disponibilité m'énerve. Mais peu importe. Sache que moi je sais qui je suis. Ma naissance fut probablement une erreur. Quand j'étais petite — je suis née laide et le suis restée —, j'ai souvent entendu dire à mon propos : « Cette gosse n'aurait pas dû être là. » « Cette gosse est née de la sécheresse. » J'ai été une enfant encombrante, jamais à sa place. Mon corps mal foutu était de trop. Partout où j'allais je voyais la désolation et la déception sur le visage des gens, surtout les grands. En principe je ne suis pas méchante. Je me défends. Et même quand on ne me fait rien, je me défends. C'est une règle de conduite. Ne pas me laisser faire. Être en avance sur les reproches ou les médisances. Alors rien ne m'échappe. Dès le départ les enfants m'avaient exclue de leurs jeux. Personne ne voulait de ce visage sans grâce. Je comprenais ceux qui ne se sentaient pas bien parce que ma présence les dérangeait. Mes parents étaient malheureux. Ils portaient la défaite sur le visage. J'étais leur propre défaite. Ils ont fait un deuxième enfant pour vaincre cette malédiction. Lorsque mon frère est né ils ont organisé une grande fête. C'était pour eux la fin de la sécheresse. Mais mon pauvre frère devint aveugle après la rougeole.

101

De nouveau le malheur fit son entrée dans cette famille. Je me sentis responsable. Ce gosse était la lumière et la grâce d'une maison où on ne riait jamais, où on ne s'amusait jamais. Et puis en quelques jours il fut privé définitivement de lumière. Pour la première fois j'ai permis aux larmes de couler sur mon visage. Mon cœur était atteint. Pas mon visage qui gardait la même expression. Je n'aime pas les gens qui pleurent. Pour pleurer il faut avoir reçu un peu d'affection. Moi je n'ai jamais rien reçu. Avec ce malheur que je considérais plus grand que le mien, j'ai compris que j'étais née d'une perte. Je suis tombée comme une mauvaise pluie, celle qu'on n'attend pas, celle qu'on craint parce qu'elle pourrit les semences. J'ai dû économiser toutes mes énergies pour faire payer aux innocents le hasard de cette naissance, je sais : mon visage est comme une aquarelle sur laquelle un chiffon est passé. J'ai le visage déplacé. J'ai tout de travers, le corps et ce qu'il y a dedans. J'ai accumulé tant de haine qu'il me faudrait au moins deux vies pour arriver à tout déverser. Mais, je t'avoue que haïr ne m'arrange pas tellement. Car, pour haïr, il faut aimer, même un tout petit peu. Je n'aime personne, à commencer par moi-même. Bien sûr ce que je ressens à l'égard du Consul est au-delà de l'amour. C'est ma respiration, les battements de mon cœur. Mais ce n'est pas vivable. Il a suffi que tu entres dans cette maison pour qu'il retrouve le sourire. Avant, c'était irrespirable. Il était même devenu agressif, violent et injuste. C'est pour cela que dès que je t'ai vue, perdue et sans attache, je t'ai proposé de venir habiter avec nous. Je n'ai même pas besoin de te l'avouer, tu le sais. Ta présence a fait entrer un peu de lumière dans cette maison. Tu es innocente. Moi je ne le suis pas. J'ai laissé mourir mes parents. Je crois même qu'il n'y avait personne à leur enterrement. J'ai quitté la maison avec mon frère en emportant les quelques objets de valeur. Je les ai laissés avec une vieille folle. Je suis partie. Sans scrupules. Sans verser la moindre larme. J'ai vidé ma vie de toute substance qui pourrait ressembler à de l'espoir. Et depuis, je tourne en rond, en restant assise. Mon frère a grandi dans mes bras. J'étais devenue ses yeux. J'ai travaillé durement pour qu'il ne manque de rien. Je ne demande pas de reconnaissance. J'ai peur de le perdre. Aide-moi à ne pas le perdre. Je pressens l'infortune. Je suis mal armée contre le malheur. Or je le vois se profiler au loin, comme je vois quelqu'un, une silhouette, peut-être un homme, ou plus exactement une femme déguisée en homme, marcher le long de cette route, seule, dans un crépuscule de pacotille ; je sais, je sens que cette ombre est capable d'arrêter le malheur. Je ne suis pas une voyante, mais parfois j'ai des pressentiments tellement puissants que tout devient clair dans mon esprit. La silhouette a tes traits. Tu es envoyée par le destin et nous ne savons pas qui tu es, d'où tu viens ou ce que tu penses. Le Consul semble heureux avec toi. En tout cas ta présence lui fait du bien. Je suis obligée de te retenir puisque tu as su redonner à mon frère l'envie de sourire et d'écrire. Cela faisait des mois qu'il n'avait utilisé sa machine. Je ne sais pas ce qu'il écrit. Mais ça doit être important. S'il te demande de l'accompagner en un lieu qu'il appelle « la prairie parfumée », ne sois pas choquée et surtout ne refuse pas. Il y va à peu près une fois par mois. Je l'accompagnais avant. A présent il n'aime plus se montrer avec moi. Il a honte de sa sœur qui passe sa vie assise à l'entrée du hammam. Je ne suis plus gardienne de secrets. Je garde des habits usés. C'est tout. Il n'y a pas de quoi être fière. Je fais un métier qui a mauvaise réputation. Et toi, avant de venir ici, quel était ton métier ?

Elle s'arrêta un instant, bourra une pipe de kif, me la tendit et me dit :

— Avec ça tu parleras... Ça aide... Ça libère !

J'ai fumé. En avalant la fumée j'ai eu mal et j'ai toussé. Ses yeux étaient emplis d'inquiétude et d'impatience :

— Je veux savoir. J'insiste. Qui es-tu ? Que transportes-tu en toi de miraculeux ? Comment as-tu réussi à redonner vie à un mourant ?

J'apprenais ainsi par elle ce que ma seule présence avait pu provoquer chez cet homme qui étouffait dans cette maison de ténèbres. J'étais moi-même étonnée. Elle insista encore jusqu'à me supplier de parler. Je n'avais rien à dire. Elle se mit à gémir et à pleurer. Pour mettre fin à cette situation grotesque je consentis à dire quelques mots :

— Avant d'arriver dans cette ville, j'ai eu la chance et le privilège de me baigner dans une source aux vertus exceptionnelles. L'une de ces vertus est vitale pour moi : l'oubli. L'eau de cette source m'a lavé le corps et l'âme. Elle les a nettoyés et surtout elle a remis de l'ordre dans mes souvenirs, c'est-à-dire qu'elle n'a gardé que très peu de chose de mon passé ; seuls trois ou quatre souvenirs ont été maintenus. Les autres ont disparu et à leur place je vois des ruines et du brouillard. Tout est enveloppé dans une couverture de laine usée. Pour avoir accès à cette source, il faut se dépouiller de tout et renoncer définitivement à la nostalgie. J'ai détruit mes papiers d'identité, et j'ai suivi l'étoile qui trace le chemin de mon destin. Cette étoile me suit partout. Je peux te la montrer si tu veux. Le jour où elle s'éteindra sera le jour de ma mort. J'ai tout oublié : l'enfance, les parents, le nom de famille. Et quand je me regarde dans une glace, j'avoue être heureuse, parce que même ce visage est neuf pour moi... Je devais avoir un autre visage. Il y a une chose cependant qui m'inquiète : je suis menacée par l'indifférence, ce qu'on appelle le désert des émotions. Si je ne ressens plus rien, je me fanerai et je disparaîtrai. Ni le Consul ni toi ni moi ne sommes des gens quelconques. Alors il vaut mieux rire... nous ne faisons que passer... Ne permettons pas au temps de s'ennuyer en notre présence ; faisons en sorte qu'on lui donne quelques satisfactions, avec un peu de fantaisie, avec de la couleur par exemple ; le Consul adore les subtilités des couleurs ; il n'est pas étonnant que cette passion soit celle d'un aveugle...

Mes paroles eurent un effet apaisant sur l'Assise. Elle me regardait parler avec des yeux mouillés par les larmes. Elle avait perdu cet aspect dur qu'elle affichait. La haine dont elle disait se nourrir n'apparaissait plus sur son visage. J'avais réussi à l'adoucir et à l'émouvoir. Et pourtant je ne lui avais rien dit de réellement bouleversant. Après un moment de silence, elle se jeta sur mes mains et les couvrit de baisers. J'étais gênée. J'essayai de les retirer mais elle les retenait. Ses baisers étaient pleins de larmes. Elle s'excusait :

— Je te demande pardon. Pardon de t'avoir parlé sur un ton violent. Tu es un ange, envoyé par les prophètes. Nous sommes tes esclaves...

Pour arrêter cette scène pénible, je poussai un cri :

— Ça suffit ! Je ne suis pas un ange et je ne suis l'envoyée de personne ! Relève-toi !

On entendait le bruit de la machine à écrire, un bruit régulier, on aurait dit que le Consul tapait toujours le même mot, avec obstination.

11

Le désordre des sentiments

J'eus du mal à trouver le sommeil. J'entendais l'Assise pleurer dans un coin pendant que le Consul allait et venait dans sa chambre. J'eus un moment l'idée de partir de cette maison et de tenter ma chance ailleurs. Mais quelque chose me retenait. Il y avait bien sûr mon intérêt pour le Consul, le trouble que ma présence faisait naître en moi. Il y avait aussi un pressentiment assez fort : où que j'aille je n'aurais que des relations troubles, je ne rencontrerais que des gens étranges. J'étais fortement persuadée que cette famille ou plutôt ce couple m'était destiné. Il était sur mon chemin. Je devais entrer dans cette maison et ma nature devait y provoquer le trouble. Pour le moment il y avait un désordre des sentiments. Rien n'était clair. Qui aimait qui ? Qui avait intérêt à perpétuer cette situation ? Comment sortir sans drame de cette maison ?

J'appris ainsi que pendant longtemps l'Assise refusait l'entrée des femmes à la maison. Elle gardait son frère jalousement sous sa coupe. Lui se rebellait mais avait besoin d'elle. Je crois que j'étais arrivée à cette maison au moment où la tension allait éclater et déboucher sur l'irréparable.

Moi qui sortais d'une longue absence, une maladie, je devenais utile. Certes, l'Assise était déséquilibrée. Elle portait en elle la haine des hommes et réservait tout l'amour du monde à son frère. Elle parlait de temps en temps d'un chauffeur de camion qui lui donnait rendez-vous à des endroits bizarres comme le four à pain qui jouxte le hammam, ou l'atelier d'un potier à la périphérie de la ville. Une fois ils s'étaient retrouvés peu avant minuit dans une mosquée. Enveloppés tous les deux dans des djellabas grises, on ne les remarqua pas. Ils s'étaient endormis, enlacés, et furent surpris tôt le matin au moment de la première prière, la prière de l'aube. Ils fuirent comme des voleurs. Depuis le camionneur avait disparu et l'Assise avait fini par renoncer à l'attendre. Quand elle délirait, elle racontait cette histoire plusieurs fois et prétendait que le Consul était l'enfant de cette idylle ! Ne pouvant le présenter comme un fils illégitime, elle disait que c'était son frère. Tout cela n'était pas vrai. Elle disait n'importe quoi.

Le lendemain un nouvel incident allait aggraver la tension qui nous maintenait vivants. Le Consul rentra tard. Il était fatigué, quelque chose l'avait irrité. L'Assise se précipita pour l'aider à retirer sa djellaba. Il fit un geste de la main pour la repousser, mais elle réussit à l'éviter et la djellaba fut entre ses mains en quelques secondes. Elle alla à la cuisine mettre de l'eau à chauffer pour le massage des pieds. Moi, je ne bougeais pas, je regardais la scène. Il était furieux :

— On s'est moqué de moi ! C'est absolument intolérable !

Il enleva ses lunettes noires et les essuya nerveusement.

108

— Les salopes! Elles m'ont refilé la borgne... oui, celle dont personne ne veut.

De la cuisine l'Assise intervint :

— Ça t'apprendra à y aller sans moi. Si j'avais été là elles n'auraient pas fait ça. Bon, assieds-toi, l'eau est chaude.

Le Consul s'assit dans son fauteuil. L'Assise vint avec la bassine d'eau chaude et une serviette sur l'épaule. Elle s'agenouilla et prit entre ses mains le pied droit. Au moment où le pied toucha l'eau, le Consul poussa un cri et d'un geste brusque fit tomber sa sœur par terre. Elle culbuta et faillit percuter le coin de la table avec sa tête :

— L'eau est brûlante! Tu l'as fait exprès. Tu veux me punir d'avoir été là-bas. Retire-toi. Je ne veux plus te voir. Dorénavant ce sera l'Invitée qui me massera les pieds.

Il changea de ton et me demanda si je voulais bien lui rendre ce service.

L'Assise me foudroya du regard. J'eus un sentiment de pitié à son égard. Elle était malheureuse parce que blessée et humiliée. Puis elle me dit :

— Vas-y, ça vaudra mieux!

En vérité, je n'avais aucune envie de masser les pieds de ce petit dictateur. Mais comment le lui refuser sans faire éclater une nouvelle crise? Je m'approchai de lui et, sans élever la voix, je lui dis :

— Cette fois-ci débrouillez-vous tout seul!

Je le laissai, les pieds dans la bassine, et rejoignis l'Assise dans la cuisine. J'avais compris la raison de sa colère mais je voulais en savoir plus.

— Tu veux tout savoir!

— Oui, répondis-je.

— Tout ça est de ma faute. Je ne lui ai jamais rien refusé. Je satisfaisais tous ses caprices. Depuis que tu es là, il voudrait se passer de moi... il voudrait que tu prennes ma place... Je ne t'en veux pas. Mais sache que c'est quelqu'un d'imprévisible. Il vaut mieux ne pas l'aimer, mettre entre lui et le reste du monde un voile protecteur.

Elle prit une chaise et se mit à me parler à voix basse :

— Au début c'était une fois par mois, ensuite c'est devenu deux, puis trois fois. Il m'obligeait à l'accompagner. Je lui décrivais les femmes. Bien sûr cela me gênait beaucoup. On entrait par une porte dérobée. En principe personne ne nous voyait. La patronne était compréhensive. Elle nous installait dans une pièce et faisait défiler les filles. Mon rôle consistait à répondre à des questions précises, du genre : la couleur de la peau, la couleur des yeux, a-t-elle des dents en or — il déteste les dents en or —, tour de poitrine, tour de taille, etc. Et moi j'accomplissais mon devoir. Ensuite j'attendais dans la rue. C'était le moment le plus pénible. Attendre que le Consul satisfasse son besoin. Parfois ça durait longtemps. Je pensais à lui, je pensais à ma vie. J'avais quelque chose d'amer dans la bouche. Toute l'amertume du monde était contenue dans ma salive. Je me disais : « Pourvu qu'il soit satisfait. » Après, il régnait à la maison une paix et une douceur remarquables. Il devenait serein, attentif et affectueux. Je bénissais la femme qui l'avait calmé. Je pensais un jour lui trouver une épouse. Il refusa. Je compris que son plaisir était dans ce déplacement avec moi en ce lieu interdit. Je compris que les aveugles avaient besoin de vivre des situations concrètes pour nourrir leur imagination, car les images

110

n'existent pas pour eux, en tout cas pas comme chez nous. A la longue j'ai pris du plaisir à l'accompagner et à choisir avec lui la femme qui allait lui donner de la joie. Mais depuis que tu es là, il va chez les filles sans me prévenir. Je comprends : il veut se libérer, il ne veut plus que je sois l'œil de son désir. Ça ne pouvait pas durer. J'étais en fait l'œil du péché. Et puis ce genre de situation ne devrait pas exister entre un frère et une sœur. Mais il y a tellement de choses entre nous et qui ne devraient pas exister... Quand il était petit, je le lavais. Je le savonnais ; je le frottais ; je le rinçais ; je l'essuyais. C'était comme une poupée entre mes mains. Il y prenait un plaisir évident, jusqu'au jour où ce plaisir, comment te dire ? ce plaisir était précédé d'un désir. Il venait et mettait sa tête sur ma poitrine, il se collait à moi. Son visage rougissait et ses yeux ouverts étaient ceux d'un homme perdu, errant dans le désert. Il me disait : « J'ai envie que tu me laves... » Il n'était plus un enfant. Il restait seul un long moment dans la salle d'eau. Après, j'allais nettoyer le sol. Je ne sais pas s'il urinait ou faisait autre chose, mais il y avait des saletés partout, un peu comme au hammam en fin de matinée après le passage des hommes. Je ne disais rien. Je ne disais jamais rien. J'aurais fait n'importe quoi pour son bonheur. Même aujourd'hui je ferais des bassesses pour le garder. Mais tu es venue. Tu es notre salvatrice, un ange qui est déjà au courant de tout. Tu vas nous maudire ou nous sauver. Ange exterminateur qui mettra de l'ordre dans cette toile d'araignée. Ou alors, de confidente tu vas devenir complice. Celui qui possède n'a rien. Je n'ai que des illusions. Je ne possède rien. Je suis son esclave. Il ne me manque plus que les cicatrices sur les joues pour être une négresse totalement dévouée, donnée à lui, pour la vie, jusqu'à la mort. Voilà, tu en sais beaucoup à présent. Il te sera difficile de te soustraire à cet enfer. Enfer ou paradis... à toi de décider. Nous sommes les gens de la nuit : le Consul la porte dans ses yeux pour toujours ; moi je la recherche jusqu'à en être obsédée ; quant à toi tu as dû naître une nuit où la lune était incertaine, une nuit où les étoiles étaient à portée de tous les espoirs, peut-être es-tu née en cette nuit terrible où les destins sont scellés, où tout musulman sent passer dans son corps le frisson de la mort ? D'ailleurs, quand je t'ai vue entrer dans le hammam, prise de froid et de panique, j'ai tout de suite lu dans tes yeux que tu nous avais été envoyée par la dernière Nuit du Destin. J'ai tout de suite su que tu étais seule au monde : sans parents, sans famille, sans amis. Tu dois être de ces êtres exceptionnels issus d'une solitude absolue. Ça se voit. Je peux dire que je t'attendais. La fameuse vingt-septième nuit du ramadan, j'ai eu une vision très claire et qui m'a serré le cœur. Moi aussi, même si je ne suis pas une bonne musulmane, j'ai senti le frisson léger de la mort traverser mon corps de haut en bas. Et j'ai vu une silhouette se pencher sur le lit du Consul et lui baiser le front. J'ai cru que c'était la mort qui le frôlait ainsi. Je me suis précipitée dans sa chambre et l'ai trouvé en pleurs comme un gosse. Il pleurait et ne savait pas pourquoi. Pour la première fois depuis notre vie commune, il me parla de notre mère. Il était persuadé qu'elle était en vie et qu'elle allait nous rendre visite. Je l'ai pris dans mes bras, je l'ai bercé, comme un bébé, je lui ai donné le sein. Il s'est rendormi sans détacher ses lèvres de mon sein.

12

La chambre du Consul

Ainsi mon destin fut scellé et j'étais devenue l'élément essentiel de ce couple peu ordinaire. Le travail de l'oubli se faisait à mon insu et je m'installais de plus en plus dans l'histoire de l'Assise et du Consul.

La veille d'une fête, je ne me souviens plus laquelle, le Consul acheta deux poulets vivants et les rapporta à la maison. Profitant de l'absence de sa sœur, il décida de les égorger lui-même. Tout ce qui pouvait rappeler ou invoquer l'infirmité du Consul était soigneusement évité. Quand je le vis à la terrasse avec dans une main un des poulets et dans l'autre un rasoir, j'eus peur. La lame du rasoir brillait au soleil. Le Consul était tout excité à l'idée de couper la tête aux poulets. Je lui proposai de l'aider. Il refusa. Il était accroupi, retenant le poulet par les ailes avec son pied, et de sa main gauche il cherchait à bloquer la gorge, et de la droite il l'égorgea. Le poulet s'agita et éclaboussa les murs et les habits de sang. Pendant qu'il gigotait dans un coin, je vis le Consul, content, recommencer la même opération avec l'autre poulet. Il était en sueur et jubilait presque. En passant trop brutalement le rasoir, il se coupa l'index de la main gauche. Il y avait du sang partout. Le Consul cachait son doigt dans un mouchoir. Il eut très mal mais ne le montra pas. Il riait moins. Pour lui c'était un demi-succès. En nettoyant le sang sur la terrasse je fus envahie par l'encens du paradis, petits morceaux de bois noirs qu'on fait brûler dans les fêtes. Du coup ce parfum fut accompagné par les images d'une fête où il y avait beaucoup de musique. Je devais avoir trois ou quatre ans. J'étais dans les bras de mon père qui me présenta, les jambes légèrement écartées, à un coiffeur circonciseur. Je revis le sang, le geste brusque mais adroit de mon père qui avait la main ensanglantée. Moi aussi j'avais des taches de sang sur les cuisses, sur mon saroual blanc.

C'était un souvenir taché de sang et parfumé. J'eus un petit rire puis je pensais à la folie de ce père entêté, pris dans le tourbillon du malheur. Sans m'en rendre compte, je mis la main sur mon bas-ventre, comme pour me rassurer, puis je continuai à laver la terrasse.

Le Consul s'était lui-même fait un pansement autour du doigt. Il était malgré tout fier de lui. Moi je riais en pensant au ridicule de la situation où s'était mis mon père. Lui souffrait en silence en croyant avoir gagné le défi lancé à la cécité.

Il régnait à la maison une atmosphère faite tantôt de suspicion, tantôt de complicité. Je me trouvais de plus en plus au milieu d'un drame qui se déroulait depuis longtemps. J'étais le personnage qui manquait à cette pièce où la scène était la maison. J'étais arrivée au moment où les conflits s'étaient épuisés, où le drame allait devenir une tragédie burlesque, où le sang aurait été mêlé au rire, où les sentiments auraient été anéantis par la confusion, le désordre et la perversité. J'en étais

114

arrivée à douter des liens de parenté affichés entre l'Assise et le Consul, frère et sœur de scène, ombres sorties d'une nuit ancienne, noircie par les vomissures d'une âme abîmée. Tout ne serait peut-être que jeu, où la vie serait un accessoire, un élément folklorique. L'Assise serait une manipulatrice professionnelle, le Consul, un pervers déguisé en aveugle et moi je serais la proie idéale pour une chasse imaginaire dans un lieu clos en haut d'une falaise !... Je me disais que j'avais trop vécu dans le mensonge et le simulacre pour ne pas me rendre compte que j'étais impliquée dans une étrange affaire, peut-être même une sale affaire. Je décidai alors de redoubler de vigilance, de garder les cartes du jeu nécessaires pour une sortie honorable ou une fuite soudaine. Il fallait vérifier l'état des lieux et des personnages.

En faisant le ménage dans la chambre du Consul, je me mis à observer les choses et à fouiller de manière discrète les affaires rangées dans l'armoire. Je n'avais jamais ouvert ce meuble. D'un côté il y avait des vêtements soigneusement pliés, de l'autre une série de tiroirs remplis d'un tas de choses : dans le tiroir du haut, plusieurs trousseaux de clés dont la plupart étaient rouillées : des clés anciennes, des clés cassées, des verrous noircis par une couche de poussière laissée par plusieurs graissages, des clous de toutes les formes et de toutes les tailles.

Je fermai doucement ce tiroir et en ouvris un autre au hasard. Là il y avait une vingtaine de montres toutes en marche, mais chacune indiquant une heure différente. C'était une petite usine du temps dont la logique m'échappait. Certaines montres étaient en or, d'autres en argent.

Dans un autre tiroir il y avait toutes sortes de lunettes et de monocles. Des lunettes de soleil, des lunettes de vue, des lunettes vides ou à moitié montées. Au fond il y avait un paquet de feuilles ficelées. C'étaient des ordonnances d'ophtalmologues, des factures d'opticiens, des prospectus publicitaires pour améliorer la vue. Les dates étaient anciennes.

Je continuai ma fouille en essayant d'établir un lien entre les contenus des différents tiroirs. J'en ouvris un autre. Il était tapissé d'un tissu brodé. Plusieurs rasoirs de barbier étaient disposés avec soin, ouverts ; leur lame brillait. Dans un flacon, un œil de mouton nageait dans un liquide jaunâtre. L'œil me regardait. On aurait dit qu'il était vivant et qu'il était là pour surveiller les rasoirs. J'eus un début de nausée et fermai doucement le tiroir.

Ce que j'allais découvrir ensuite me glaça : dans le tiroir du bas, il n'y avait rien. Au moment où j'allais le fermer, je remarquai qu'il était moins profond que les autres. Je l'ouvris entièrement, poussai une cloison et m'apparut un revolver bien astiqué, en parfait état de marche. Il était vide. Trois chargeurs pleins de balles étaient posés en pile.

Pourquoi gardait-il cette arme ? Ce qu'il collectionnait m'intriguait mais ne m'inquiétait pas. Ce revolver tout neuf me faisait peur. Était-il là pour un meurtre ou pour un suicide ? Je m'assis sur le bord du lit et essayai de comprendre le sens de tous ces objets accumulés. En face de moi, la machine à écrire, un paquet de feuilles blanches, une chemise avec des pages tapées. Je me levai et ouvris doucement le dossier. Je le feuilletai et lus au hasard. C'était un journal, mais aussi un récit, des comptes, des papiers collés, des dessins chaotiques.

116

Sur une page, cette réflexion soulignée d'un trait rouge : « Comment aller au-delà de la mort ? Certains ont érigé pour cela des statues. Il y en a de très belles. Il y en a de terribles. Je les connais mieux que ceux qui les regardent. Moi, je les touche. Je les caresse. J'en mesure l'épaisseur et l'immobilité. La solution n'est pas là. Je ne proposerai à la postérité ni statue ni un nom de rue, mais un geste, qui sera jugé absurde par les uns, sublime par d'autres, hérétique par les bons musulmans, héroïque par les familiers de la mort et qui incendient les cimetières. Ce geste surprendra la mort ; il la devancera, la fera plier et la couchera dans une botte de paille où le feu sera mis par des mains innocentes, des mains d'enfants qui seront figées par la lumière insoutenable que laissera ce geste... »

J'entendis à ce moment-là des bruits de pas dans la ruelle. C'était le Consul qui rentrait. Je mis vite de l'ordre et continuai le nettoyage. Le Consul arriva avec un grand bouquet de fleurs et me le tendit :

— C'est pour vous. J'ai choisi les fleurs moi-même, une à une. Chez nous, on offre rarement des fleurs. Votre patience et votre présence méritent d'être fleuries.

Il s'assit dans le fauteuil. Au moment où je m'apprêtais à chauffer l'eau pour ses pieds, il me dit :

— Où allez-vous ? Je ne veux plus que vous vous occupiez de moi comme une femme de ménage. Plus de bassine, plus de massage des pieds. C'est fini. Vous méritez beaucoup mieux. En revanche, je tiens à vous avoir comme partenaire dans mes réflexions. J'aime vous avoir près de moi quand je lis ou quand j'écris. Je dois vous avouer que je me suis remis à écrire depuis que vous êtes dans cette maison. Vous savez, je ne suis pas un homme simple. J'essaie de faire de la cecite un atout et je ne la considère pas comme une infirmité. Pour cela je suis parfois injuste. Je fais des choses où je prends des risques. Vous devez vous demander ce que j'écris. Je vous ferai lire un jour certaines pages. Mon univers est en grande partie intérieur. Je le meuble avec mes propres créations ; je suis obligé d'avoir recours à ce qui habite ma chambre noire. Si je vous disais tout ce qu'elle contient vous seriez bien étonnée et même embarrassée. C'est mon secret. Personne n'y a accès, pas même ma sœur. Moi-même, il m'arrive d'avoir peur de ce que j'en sais. J'efface de mon écran les objets qui viennent jusqu'à moi et me bousculent. Je suis entouré d'objets. Il y en a que je maîtrise et puis il y a tous ceux qui sont indomptables. Essayez par exemple de maîtriser un rasoir ou une paire de ciseaux qui avancent et coupent tout ce qu'ils rencontrent sur leur chemin. Alors je m'en méfie. Je dois vous avouer que j'ai une peur bleue de tout ce qui est tranchant. C'est peut-être pour cela que j'ai tenu à égorger moi-même les poulets l'autre jour. Je me suis coupé, mais ce n'est pas grave. Imaginez que le rasoir me soit échappé des mains, il m'aurait sûrement coupé le nez ou les cinq doigts. Enfin je ne vais pas vous effrayer avec mes peurs. C'est trop bête ! Je vous envie. J'aimerais être à votre place. Vous êtes observatrice, témoin et parfois actrice. Ce qui est une chance pour vous, c'est que vous êtes invitée à participer à la vie d'une maison sans être obligée de connaître et surtout d'assumer le passé qui nous a faits. C'est pour cela que moi aussi je ne cherche pas à connaître votre passé. Je me fie uniquement à mon intuition et à mes émotions. A présent, mettez ces fleurs dans un vase.

Je le remerciai et le laissai, la main essayant de masser son front, en vue de dissiper une céphalée. Quand il avait mal à la tête, il devenait très fragile et perdait tous ses repères. Là, il sentait son état d'infirmité. Au moment où je cherchais un endroit pour poser le vase, il cria et agita la main dans tous les sens pour appeler au secours. J'accourus, il était paniqué par la très forte douleur et par le fait qu'il ne trouvait plus ses calmants, alors qu'ils étaient juste derrière lui à portée de sa main.

— Cette douleur m'empêche de respirer, c'est un marteau qui fracasse un bloc de marbre. A chaque coup je sursaute...

Je lui donnai des calmants avec un verre d'eau et mis ma main froide sur son front. Au début, il ne supporta pas ma présence, ensuite lorsque je le massai il se sentit mieux.

— Continuez, vous me faites du bien, vous avez des mains chargées de bonté. Je suis né avec la migraine, elle me poursuit, c'est elle ma principale infirmité...

Je lui offris un café et l'aidai à se mettre au lit, pas pour dormir mais pour se reposer des effets de la crise. Il me retint en me prenant la main. Je ne la retirai pas. Je trouvais que c'était naturel de laisser ma main dans la sienne. Je sentais son corps chaud. Nous restâmes ainsi une bonne partie de l'après-midi. Lorsque j'entendis le bruit de la clé dans la serrure, je me levai et allai ouvrir la porte. J'avais mis le verrou de sécurité. L'Assise eut l'air étonné. Elle me demanda pour quelle raison je m'étais enfermée. Je lui répondis : « Par hasard ! » Elle n'insista pas. Je lui racontai la crise de céphalée. Elle fut inquiète. Je l'empêchai d'aller le réveiller. Plus tard dans la soirée, elle me dit :

— Tu te souviens la dernière fois quand le Consul est rentré furieux ? Ça doit faire au moins un mois...

— Peut-être même plus. Mais je ne vois pas le rapport avec la crise d'aujourd'hui.

— Oui, tu as raison, tu ne peux pas savoir. Mais moi je fais un lien entre l'abstinence et le mal de tête. Quand un homme reste longtemps avec cette eau trouble en lui, ça monte à la tête et ça provoque des douleurs, parce que ce n'est pas la tête qui en a besoin... tu comprends ?

— Vaguement. Tu veux dire qu'un homme qui n'évacue pas périodiquement son sperme attrape des migraines ? Et les femmes ? Ça n'attrape rien ?

— Si, elles deviennent colériques, elles se mettent à crier pour un rien. Mais moi j'ai pris l'habitude. Je ne crie même plus.

Je me suis mise à rire doucement. L'Assise esquissa un sourire puis éclata d'un rire énorme. Elle essaya de l'arrêter en mettant la main sur la bouche.

13

Un lac d'eau lourde

Je passai toute la nuit à lutter contre les courants d'une eau lourde et gluante dans un lac profond habité par toutes sortes de bêtes et de plantes. Il montait de cette eau morte, mais agitée de l'intérieur par le va-et-vient des rats se jouant d'un chat blessé, une odeur suffocante, une odeur épaisse et indéfinissable.

Il y avait quelque chose de stagnant et de mobile en même temps. J'avais la possibilité de tout voir. Enfermée dans une cage de verre, une main me faisait descendre jusqu'au fond et me remontait à sa guise. J'étouffais, mais mes cris ne sortaient pas de la cage. Je reconnus le corps de Fatima, la malheureuse cousine épileptique que j'avais épousée pour sauver les apparences et que j'aimais parce qu'elle était une déchirure béante et sur laquelle ne se posait aucune affection. Son visage était serein et son corps intact. Elle gisait au fond de ce lac comme une vieille chose dont personne ne veut. Curieusement les rats l'épargnaient. Je la vis et je poussai un cri si violent que je me réveillai, affolée, en sueur.

Ce n'était pas la première fois que je faisais ce genre de cauchemar. Mais à chaque fois m'apparaissait un visage de mon passé. L'oubli absolu était impossible.

Comment faire pour ne plus se sentir coupable, ne plus être poursuivie par des rats et des araignées ?

Je pensai à l'histoire de l'eau trouble qui monte à la tête et me mis à rire. De toute façon, je devais payer un tribut, ici ou ailleurs. C'était une affaire entendue. Pour accélérer le processus de l'oubli, je ne discutais pas les lois et les ordres du destin.

Ainsi, je sortais d'un cauchemar lourd et le Consul se dégageait de la douleur qui fracassait sa tête. Nous sortions tous les deux de la même épreuve ; ce qui nous rappelait notre condition d'êtres frappés par la malédiction. Cela nous libérait. Nous nous sentions plus libres puisque voués à être un jour ou l'autre rattrapés par les fantômes de notre passé.

Je décidai en ce matin, alors que mon corps était las, de faire un pas de plus pour me rapprocher davantage du Consul. Au moment où il quittait la maison pour aller à son école, je lui demandai de ne pas rentrer trop tard. Il fut surpris :

— On dirait ma sœur ! Pour vous faire plaisir je rentrerai tôt. Je n'irai pas au café, ni chez mon ami le barbier.

Je voulais l'accompagner chez les femmes. L'Assise n'en saurait rien. Lui me guiderait. Cette idée saugrenue, mais dont j'aimais l'audace, me plaisait. J'étais curieuse. Je sentais mon corps devenir léger, loin et épargné pour toujours des pesanteurs de l'eau morte de cette nuit. Cette sensation de gaieté me donnait la chair de poule. Je sautillais comme une folle dans la maison en faisant le ménage. Je passais ensuite un long moment dans la salle d'eau. Je me lavais et me parfumais comme si j'allais à un mariage.

Le Consul rentra vers cinq heures. Il apporta une botte de menthe et des pâtisseries. Je lui dis que ce serait pour plus tard et que l'Assise m'avait chargée de l'accompagner chez les femmes. Il marqua un temps d'arrêt, surpris, et avala sa salive de travers. Puis, après avoir bu un verre d'eau, me demanda si vraiment sa sœur m'avait chargée d'une telle mission. Il était incrédule.

— Mais ça me gêne beaucoup. C'est une affaire entre ma sœur et moi. Ce n'est pas possible.

Pendant qu'il parlait, je remarquais son visage qui s'épanouissait à l'idée d'aller chez les femmes.

— Vraiment, vous consentiriez à m'accompagner ? Ça ne vous gêne pas ?

— Non ! Pas du tout. Je suis curieuse. Vous me donnez l'occasion d'entrer là où je n'aurais jamais mis les pieds. Avec vous j'ai une excuse.

— Puisque vous le prenez ainsi, je n'ai plus qu'à vous suivre.

Puis après un bref silence :

— Non, vous allez me suivre.

— Et si je vous prenais le bras, vous me direz où il faut tourner.

Pour la première fois je marchais dans la rue en tenant un homme par le bras. Apparemment nous formions un couple normal. Un homme et une femme marchant dans la rue. Il n'y a là rien d'extraordinaire. Peut-être que si un œil malintentionné nous avait suivis et avait su dans quelle direction nous allions, il nous aurait jeté un mauvais sort et nous aurait maudit jusqu'à la fin des temps. Cet œil était là, derrière une porte entrouverte.

Une femme regardait sans être vue. En passant près

d'elle je reçus comme une flèche et j'eus un frisson. Une onde de malheur était lancée. Mon corps l'avait captée comme un signe, comme une appréhension. Je préférai m'en moquer et continuai mon chemin. Nous passâmes devant la fameuse maison. Elle était reconnaissable. Le Consul me dit de ne pas m'arrêter. Je le suivis. Il m'entraîna dans une ruelle sombre et nous pénétrâmes par une porte basse dans un corridor sans lumière. Nous étions pour une fois à égalité, entourés par les mêmes ténèbres.

— N'ayez pas peur. Il y a une marche.

Je serrai son bras jusqu'à lui faire mal. Nous montâmes l'escalier et nous arrivâmes devant une porte fermée. Le Consul frappa deux coups puis un troisième. Une femme, la patronne, nous ouvrit et souhaita la bienvenue au Consul :

— Cela fait longtemps qu'on ne vous a pas vu ! Vous avez une nouvelle accompagnatrice à présent ?

— Faites-nous du thé, s'il vous plaît, pas trop sucré.

Elle nous installa dans une chambre sordide où il y avait un lavabo pas très propre. Le robinet coulait. Il y avait au fond une vieille armoire sentant la naphtaline. Je m'assis sur une chaise. Le Consul se mit à l'aise et s'étendit sur le lit. Il tira de sa poche une pipe déjà bourrée de kif et l'alluma. Il fuma seul. Nous restâmes silencieux en attendant le thé. J'ouvrais de grands yeux pour tout voir. J'étais impatiente. Une petite fille, dix ans à peine, nous apporta un plateau avec une théière et des verres, puis disparut sans rien dire. Nous étions en train de boire le thé — trop sucré — quand la patronne entra suivie de deux femmes entre vingt et vingt-cinq ans. Elles n'étaient ni belles ni laides, mais n'avaient manifestement aucune envie de rester avec le Consul. La patronne me demanda de les décrire :

— L'une est brune, elle est tatouée sur le front et sur le menton. Ses cheveux huilés sont ramassés dans un foulard aux couleurs vives. La poitrine est grosse mais elle tombe. Elle a du ventre ; les fesses sont bien grasses, les jambes poilues ; elle mâche du chewing-gum. Elle vous regarde en faisant une grimace. Pour résumer, elle n'est ni belle ni laide. Elle fait son travail sans joie ni bonne humeur. L'autre est mince. Elle a de beaux seins, la taille fine mais des fesses énormes. Ses cheveux sont noirs et ses yeux clairs. Elle ne mâche pas de chewing-gum mais a un tic, elle crache toutes les minutes. A vous de choisir.

La patronne, qui était partie, revint :

— Laquelle reste ?

Le Consul, du fond de son lit, répondit :

— Aucune.

Lorsque toutes les trois quittèrent la pièce, le Consul me tendit la main où il y avait une somme d'argent.

— J'avais oublié de vous laisser l'argent pour régler.

C'était une somme non négligeable. On attendit un peu et on vit entrer une belle jeune femme, apeurée, comme si elle avait été poussée de l'autre côté de la porte par la patronne. Elle nous regarda l'air hébété, ne sachant ce qu'attendaient d'elle cet homme et cette femme. Je remarquai qu'elle tremblait ; elle devait être nouvelle dans le métier. La patronne réapparut, apparemment contente de son choix. Elle me tendit la main, je lui donnai l'argent. Elle allait partir quand je me mis à décrire la jeune femme presque blonde et qui avait des seins gros et fermes :

— Elle est très mince, brune, avec de tout petits seins, la taille fine, les cheveux courts, les fesses équilibrées, les lèvres charnues. Elle ne mâche pas de chewing-gum. Elle a envie de vous.

De la main je fis partir la patronne et la jeune femme, et attendis la réponse du Consul :

— Vous dites qu'elle a de petits seins et des fesses équilibrées ? Alors je la veux, je l'attends.

J'avais déjà quitté ma djellaba et ma robe. Doucement je m'approchai du lit et déboutonnai le saroual du Consul. Je laissai la faible lumière allumée et j'enjambai son bassin. Lentement je le laissai pénétrer en moi, mettant mes mains sur ses épaules pour l'empêcher de changer de position. Il jouit très vite. Je restai sur lui, sans bouger, attendant qu'il retrouvât son énergie. L'érection revint peu après et ce fut prodigieux. Mon manque total d'expérience était pallié par l'absence de pudeur ou de gêne. Le désir dirigeait instinctive-ment mon corps et lui dictait les mouvements appro-priés. J'étais devenue folle. Je découvrais le plaisir pour la première fois de ma vie dans un bordel avec un aveugle ! Il était insatiable. Tout se passa dans le silence. Je retenais mes râles. Il ne fallait pas qu'il se rendît compte de la supercherie. Au moment où il s'assoupit, je me rhabillai en vitesse et frappai à la porte.

— N'entrez pas encore, je m'habille.

Il se leva et prit son temps. J'étais tapie dans un coin. Je savais qu'il n'était pas dupe, mais je préférais laisser le doute entourer ce qui était arrivé cet après-midi. Une complicité liait nos corps dans le silence et le secret. Il ne fallait surtout pas parler, mettre dans les mots un

126

mensonge apparent qui était en fait une vérité à ne pas nommer.

Cette nuit, dès que j'ai fermé l'œil, j'ai retrouvé le lac d'eau lourde. Il n'y avait plus de cage. J'y plongeais de moi-même et remontais sans difficulté. L'environnement était sensiblement le même que celui de la veille. C'était un jardin public abandonné avec son herbe rouge et ses arbres nus. Il y avait, accrochée à une branche d'un immense figuier, une balançoire. Elle était cassée et pendait comme une vieille chose. Sans m'en rendre compte je portai ma main sur mon front et cherchai une cicatrice. Elle était dissimulée sous les cheveux. Je venais dans ce jardin public avec mon père. Habillée en garçon je taquinais les petites filles autour de cette balançoire, jusqu'au jour où le frère d'une de ces filles me fit tomber. J'avais le visage en sang, je pleurais. Le frère qui était plus âgé que moi me dit avant de s'enfuir : « Si tu avais été une fille, je t'aurais fait autre chose ! » Mon père accourut, affolé, et m'emmena à l'hôpital. J'avais complètement oublié ce souvenir et je ne savais plus à quoi correspondait la cicatrice.

Mon rêve s'acheva avec l'arrivée d'une bourrasque violente qui souleva les feuilles mortes alourdies par le lichen et fit voler vers d'autres lieux la fameuse balançoire qui ne servait plus à rien et dont la présence désolée rappelait des souvenirs lointains.

Le matin je n'eus ni le courage ni la force d'apparaître devant le Consul. J'avais gardé en moi son odeur et sa sueur. Ce fut lui qui vint frapper à ma porte et me témoigna son amitié délicate en m'apportant un verre de jus d'orange qu'il avait préparé lui-même. Je rougis et je sentis monter en moi une bouffée de chaleur qui me rendit gauche. Il s'assit sur le bord du lit, sortit un mouchoir brodé et me le tendit. Nos doigts se touchèrent. Je le remerciai. Il ne dit rien. Je sentis au fond de moi-même, comme une vérité évidente et naturelle, que cet homme avait une vertu singulière, une sorte de grâce qui avait été empêchée de se manifester du fait de la possession brutale qu'exerçait sur lui l'Assise et dont il se jouait pour éviter le grand drame.

Il n'avait pas besoin de parler. Son regard qui ne se posait nulle part me troublait. Il avait parfois une douceur inquiète, quelque chose qui viendrait d'une animalité pure. Une intimité silencieuse avait empli cette chambre habituée à la solitude. On entendait le bruit des passants, et on n'osait prononcer aucun mot. J'approchai doucement ma main de la sienne puis la retirai. J'avais peur de briser quelque chose de fragile et que je ne pouvais ni nommer ni oublier. J'avais l'impression que nous nous étions volontairement enfermés dans une crypte et que nous étions nous-mêmes un secret à garder. Il y a des moments intenses où seule une présence suffit et on ne sait pas pourquoi quelque chose de puissant et parfois de déterminant se produit. On ne peut le nommer. Seule l'émotion le trahit pour des raisons obscures et on s'en trouve chargé et heureux comme un enfant qu'une joie transporte dans un monde merveilleux. Pour ma part je ne pensais pas un jour arriver à cet état où le corps et les sentiments flottaient et m'emportaient vers des cimes d'air pur. Un vent descendu d'une haute montagne passait sur mes pensées. Plus rien n'était confus. J'étais en paix avec moi-même et cela je ne l'avais peut-être jamais connu.

Le Consul se leva. J'eus envie de le retenir, de le

garder près de moi, de le toucher, de passer mes lèvres sur sa nuque et de rester dans ses bras. Je ne bougeais pas de peur de tout gâcher. Il sortit de la chambre sans dire un mot. Durant ces moments de silence passés en sa présence, je n'avais pensé à rien. Je ne voulais pas imaginer la réaction de l'Assise ni la nouvelle atmosphère qui allait régner dans la maison. C'était trop tôt.

L'Assise dormait. Le Consul était sorti. Je ne savais quoi faire ce matin. Je tournais en rond. Je décidai de ne pas quitter la chambre.

14

La comédie du bordel

Nous nous jouâmes la comédie du bordel pendant quelque temps, plus par envie de mise en scène dans le silence et le secret que par crainte d'éveiller les soupçons de l'Assise. En peu de jours, son rôle et sa place dans la maison avaient été réduits. Elle ne réagissait pas, mais je pensais bien qu'elle ne se laisserait pas totalement évincer de la scène. En cette période, elle avait beaucoup de travail. En plus du hammam, elle s'occupait d'arranger des mariages.

Un soir, rentrée tard, elle s'adressa à moi comme si je lui avais demandé de me rendre un service ou de me donner un renseignement :

— Ça y est ! J'ai ce qu'il te faut.

— De quoi s'agit-il ?

— Enfin, ne fais pas l'ignorante, il s'agit de ce à quoi tu penses tout le temps et qui te donne des insomnies.

— Il y a tellement de choses qui empêchent de dormir...

— Oui, mais ça, ça te gratte, c'est comme un ver qui se promène sous la peau et on n'arrive pas à l'attraper pour se gratter une bonne fois pour toutes. Ça démange...

J'avais bien sûr compris, mais je cherchais à provoquer sa vulgarité, ce qui lui faisait perdre son sang-froid. D'autant plus que le Consul ne pouvait soupçonner sa sœur d'être devenue marieuse à la limite de la décence. J'insistai.

— Bon, puisque tu te moques de moi je vais mettre à nu ton jeu. Je t'ai trouvé un homme, il est veuf mais encore bien baraqué. Ses outils sont impressionnants. Il cherchait une orpheline, une femme sans attaches, une femme seule au monde... C'est un peu ton cas, n'est-ce pas ?

Le Consul écoutait cet échange de mots sans réagir.

— Je ne suis pas à marier. Je ne t'ai rien demandé.

— C'est vrai, tu ne m'as rien demandé. Mais c'est moi qui décide dans cette maison qui doit se marier et qui doit rester célibataire.

Elle avait haussé le ton et était tout d'un coup devenue autoritaire et intraitable, le visage du frère était crispé. Elle se précipita sur moi et me tira violemment jusqu'à la cuisine où elle m'enferma. Elle était en pleine crise et essayait de monter le Consul contre moi. J'avais réellement peur parce qu'elle savait des choses sur mon passé. Quelqu'un avait dû lui parler. Elle baissait la voix quand elle s'adressait à son frère. L'oreille collée à la porte j'arrivais à capter des phrases :

— C'est une usurpatrice, un mensonge, un danger. Elle nous a menti. J'ai des preuves. Elle est plus forte que tu ne crois. Cette femme transporte avec elle une vie où elle a trompé tout le monde. Il paraît qu'elle a tué ses parents. Sa mère est morte folle et son père n'a pas eu le temps de tomber malade. C'est un assassin que nous abritons dans cette maison, une voleuse. Sais-tu qu'elle s'est enfuie avec tout l'héritage de la famille ? De toute façon il faut me croire, mon frère, ma vie, lumière de mes yeux...

— Assez ! Je ne te crois pas. Tu es jalouse, tu es folle. Tu as inventé cette histoire pour me jeter encore dans la solitude et la servitude. Ça ne marchera pas.

Repoussée par le Consul qui s'apprêtait à s'enfermer dans sa chambre, elle hurla de toutes ses forces :

— Cette femme est un homme ! J'ai des preuves, des photos, des papiers. Elle nous a roulés...

Le Consul partit dans un fou rire nerveux. L'Assise continuait à crier, puis je l'entendis supplier :

— Non, frère, pas ça, non, tu me fais peur, non pas de rasoir, tu vas te faire mal, non je t'en prie... Non, ce n'est pas vrai... J'ai tout inventé. Tu sais combien je t'aime et combien je suis malheureuse. Je retire tout ce que j'ai dit.

— Alors ouvre la porte de la cuisine...

— Tout de suite.

Je vis le Consul, un rasoir de barbier sous la gorge, menaçant, furieux, indomptable. Je lui pris la main et l'emmenai à sa chambre. Il tremblait et était tout en sueur. Je lui enlevai le rasoir de la main et m'assis à ses côtés.

— Mes yeux sont secs, me dit-il, mais je pleure abondamment à l'intérieur. Je pleure parce que ma sœur est folle. Je pleure parce que je risque de vous perdre. Je ne supporterai pas votre absence. Je ne connais pas votre nom. Je vous ai dès le premier jour appelée « l'Invitée », j'aurais pu vous en donner un, mais qu'importe le nom et le lien. Votre présence dans cette maison de fous a apporté un peu plus de vie, des sentiments, de la chaleur et de la grâce.

L'Assise était repartie. Je profitai de ce moment de crise pour tout dire et avouer au Consul. Je lui racontai mon histoire depuis la naissance jusqu'à la fugue, l'errance, le viol et la rencontre avec l'Assise. Je lui dis mon repentir, ma tristesse et l'espoir que je redécouvris grâce à son amitié discrète et tendre. Je lui dis que je savais qu'un jour ou l'autre on me retrouverait et qu'on me châtierait. J'attendais ce jour avec sérénité, mais moi aussi je ne supporterais pas d'être séparée de lui.

Mon histoire le fit sourire. Pour lui, c'était un conte que j'avais inventé pour traverser les vingt premières années de la vie, une histoire sortie de l'imagination d'un enfant qui devait s'ennuyer et qui avait préféré s'engager dans le jeu entre le sérieux et le rire.

— C'est très important le rire, il brise le mur de la peur, de l'intolérance et du fanatisme, ajouta-t-il alors que nous étions encore sous l'effet de la crise de l'Assise.

Il avait une grande capacité pour s'absenter quand il trouvait une situation pesante et engluée.

— Je n'ai pas besoin de fermer les yeux. Je reste là, et puis mon esprit est là-haut, dans la chambre ou sur la terrasse. J'aime rire quand rien ne va, parce que rien n'est vraiment clair, rien n'est absolument obscur. Je dirais que tout est complexe et que la vérité est plus proche de l'ombre que de l'arbre qui donne cette ombre. Si ce que vous m'avez raconté est réellement arrivé, alors vous avez dû vous amuser beaucoup. Je n'en dirais pas autant pour vos parents et votre entourage. Jouer si subtilement sur deux tableaux est une chance. La cécité, comme je vous l'avais dit un jour, n'est pas une infirmité. Bien sûr elle l'est, mais elle cesse de l'être pour celui qui sait en jouer. Jouer n'est pas tromper, mais

133

révéler les vertus de l'obscur. C'est comme pour l'intelligence, je ne sais plus qui l'avait définie comme étant l'incompréhension du monde. Cela nous ramène à nos poètes mystiques pour qui l'apparence était le masque le plus pervers de la vérité. Vous savez, puisque vous l'avez vécu dans votre corps, que la clarté est un leurre. Qu'est-ce qu'il y a de clair, de définissable, dans les rapports entre deux êtres ? Il me semble qu'il y a eu un moment d'inattention dans votre vie et cela a duré, vous y avez pris goût, plaisir, et vous vous êtes mise à jouer pour brouiller les pistes et défier les regards.

Après un silence il chercha ma main. Je ne fis pas d'effort pour m'approcher de lui. Je pensais encore à ce qu'il venait de dire. « Un moment d'inattention », telle fut ma vie, mon simulacre de vie. J'étais persuadée que si j'avais rencontré cet homme durant ma vie de garçon déguisé, je l'aurais aimé ou haï, parce qu'il m'aurait tout de suite démasquée. Je soignais l'apparence, mais le fond était intact. Et justement cet homme non voyant voyait avec tous les autres sens. Il aurait été impossible de lui mentir. On ne ment pas à un aveugle. On peut lui raconter des histoires. Mais il se fie plus à la voix qu'aux phrases qu'on prononce.

Même s'il faisait semblant de ne pas croire à mon histoire, le sourire qu'il affichait me disait assez qu'il s'était douté de quelque chose. Il prit ma main, la porta à ses lèvres et la baisa en la mordillant un peu. Je poussai un petit cri. L'air rêveur il me dit :

— Notre péché, ce qui mine et abîme l'âme, ce qui lui retire chaque fois un peu plus de sa pureté, c'est notre refus de la solitude. Mais que faire ? Nous sommes si vulnérables... Peut-être que vous et moi, du fait de nos destins singuliers, nous avons appris à être au-delà de cette fragilité. En tout cas c'est ce que j'ai tout de suite senti quand vous êtes entrée dans cette maison. Notre force c'est que nous ne devons rien à personne. A n'importe quel moment nous pouvons quitter ce monde, sans regret, sans drame. J'ai passé toute ma vie à me faire à l'idée de ce départ volontaire. Ma mort, je la porte en moi, à la boutonnière. Le reste, c'est de l'agitation pour ne pas décevoir le temps. Il ne faut pas permettre au temps de s'ennuyer avec nous. Là on fait des bêtises, des choses indignes de notre intelligence. Je dis « nous » parce que nous sommes semblables, et qu'un pacte scellé par le secret nous unit.

Je repensai à la scène où le Consul menaçait de se trancher la gorge si l'Assise ne m'ouvrait pas. Je ne pus m'empêcher de lui demander si c'était sérieux. Il prétendit ne pas savoir et qu'après tout le sérieux n'est qu'une forme aiguë du jeu. Il était peut-être sincère. Il me confia que parfois sa sœur lui faisait peur et il me fit d'elle un portrait sans la moindre indulgence :

— Elle est un peu folle, parce qu'elle est malheureuse. Elle a été courageuse au moment où du jour au lendemain nous nous sommes trouvés sans rien, sans parents, sans maison, sans abri. Nous étions parmi les ruines. La ville avait tremblé, elle avait glissé vers un horizon rouge. Elle a gardé de cette époque une fureur intérieure que rien n'a pu calmer ou éteindre. Alors elle est aigrie. Elle peut être méchante, injuste ; elle est capable de tout saccager, apparemment sans raison. Seule une violence plus forte la fait reculer. Voilà comment je peux être amené à être violent. Pas contre elle, mais contre moi-même. Là, je la touche au plus profond de son être. Et elle sait que je suis capable d'aller jusqu'au bout de mes menaces. Ce que je lui reprocherais le plus c'est son manque de générosité, sa disponibilité un peu trop manifeste pour la haine et la méchanceté. Je sais que je suis son prisonnier. J'en souffre et j'espère m'en sortir un jour. Vous vous rendez compte, j'ai réussi à me libérer des entraves de la cécité mais pas à me dégager de l'affection que me voue ma sœur !

Pendant qu'il parlait, je me suis mise contre lui jusqu'à me blottir dans ses bras et sentir son corps chaud.

Nous fîmes l'amour pour la première fois dans la maison. Nous restâmes ensuite silencieux. Je repensais aux menaces et manigances de l'Assise. Elle était capable de faire le malheur : nous détruire, ou au moins me démolir. Ce matin en hurlant elle avait de la bave à la commissure des lèvres. C'était le signe extérieur de la haine. Ses yeux n'étaient plus rouges mais jaunes. Sa fureur était celle d'un animal blessé qui refusait de mourir seul. Elle devait détenir quelques indices ou informations sur mon passé. Même si je n'avais rien à me reprocher sur cette partie de ma vie, je voulais éviter d'être confrontée un jour à cette mascarade. En enterrant mon père j'avais pris soin de mettre sous terre tous les objets m'ayant servi durant cette période. Ils ne pouvaient plus témoigner. Il restait bien sûr les oncles, sœurs, cousins et voisins. J'avais fui en effaçant les traces et m'étais arrêtée à l'autre bout du pays. Le hasard fit que mon errance ne dura pas longtemps. Le destin dirigea mes pas vers le hammam. Ce fut le viol dans la forêt qui me poussa vers ce lieu. Je savais que dans un premier temps, je ne pouvais vivre qu'avec des êtres singuliers. J'étais heureuse que le premier homme qui aima mon corps fût un aveugle, un homme qui avait les yeux au bout des doigts et dont les caresses lentes et douces recomposaient mon image. Ma victoire je la tenais là ; je la devais au Consul dont la grâce s'exprimait principalement par le toucher. Il redonna à chacun de mes sens sa vitalité qui était endormie ou entravée. Quand nous faisions l'amour il passait de longs moments à dévisager tout mon corps avec ses mains. Non seulement il éveillait ainsi mon désir, mais il lui donnait une intensité rare qui était ensuite superbement comblée. Tout se passait dans le silence et la lumière douce. Il tenait beaucoup à la lumière. Parfois il lui arrivait d'être maladroit et de s'énerver. Alors il me demandait d'allumer une autre lampe ou une bougie. Il me disait : « J'ai besoin d'un peu de lumière pour voir votre corps, pour respirer son parfum, pour que mes lèvres suivent les lignes de son harmonie. » Son expérience avec les femmes était probablement limitée ; il s'appliquait à se concentrer comme un artiste avant de commencer une œuvre. Il se comparait à un sculpteur : « Pour que votre corps me devienne familier, pour qu'il renonce à être rebelle, il faut que je le sculpte soigneusement, patiemment », me disait-il encore.

J'avais passé mon adolescence à repousser de toutes mes forces le désir. J'étais piégée mais je tirais de cette situation assez de bénéfice. J'avais fini par ne plus penser au désir. Je n'y avais pas droit. Je me contentais de mes rêves délirants, peuplés de phallus, de corps d'éphèbes et de banquets vulgaires. Il m'arrivait souvent de calmer mon corps moi-même et d'en avoir honte. Tout cela était loin à présent. Je ne voulais plus y penser. Le miracle avait le visage et les yeux du Consul. Il m'avait sculptée en statue de chair, désirée et désirante. Je n'étais plus un être de sable et de poussière à l'identité incertaine, s'effritant au moindre coup de vent. Je sentais se solidifier, se consolider, chacun de mes membres. Je n'étais plus cet être de vent dont toute la peau n'était qu'un masque, une illusion faite pour tromper une société sans vergogne, basée sur l'hypocrisie, les mythes d'une religion détournée, vidée de sa spiritualité, un leurre fabriqué par un père obsédé par la honte qu'agite l'entourage. Il m'avait fallu l'oubli, l'errance et la grâce distillée par l'amour, pour renaître et vivre. Hélas! ce bonheur, cette plénitude, cette découverte de soi dans le regard sublime d'un aveugle n'allaient pas durer. Je le savais. Je le pressentais. Ce bonheur bref mais intense allait être brutalement interrompu. Même si j'étais malheureuse, j'acceptais les ricochets du destin. Je n'étais pas fataliste mais je n'avais plus la force de me rebeller.

15

Le meurtre

Tout s'était passé très vite. L'Assise avait disparu pendant plus d'une semaine. Le Consul pensait qu'elle était occupée par ses mariages. Moi, j'étais persuadée qu'elle était en voyage à la recherche de quelque chose. Avant de partir, elle nous avait envoyé une domestique du hammam pour nous dire qu'elle était très prise ces derniers temps et qu'il ne fallait pas s'inquiéter.

Elle revint un matin de bonne heure. Je dormais profondément dans les bras du Consul. Elle ouvrit la porte et m'arracha du lit en me tirant par les cheveux. Le Consul se réveilla en sursaut, affolé, croyant faire un cauchemar. Elle hurlait et bavait :

— Viens, race de chienne, voleuse, putain, viens voir qui t'attend en bas. Tu as tué tout le monde et tu es partie avec l'héritage...

Elle me poussait en me donnant des coups de pied. Je m'accrochais là où je pouvais. Le Consul se rhabillait. Elle me précipita dans les escaliers. Je tombai et me retrouvai en bas nez à nez avec mon oncle, le père de Fatima, l'avare dont mon père m'avait dit de me méfier. Sa fureur était froide. Elle s'exprimait par une pâleur qui n'augurait rien de bon. Je savais qu'il était terrible et que si sa fille était épileptique et délaissée c'était à cause de sa méchanceté. Mon père l'appelait « mon frère la rancune ». C'était lui qui se moquait de ma mère, incapable de donner naissance à un garçon. Il le faisait froidement, avec cynisme. La morve qui pendait de son nez était du poison. Je l'avais toujours haï. J'étais plus forte que lui car je ne lui donnais jamais l'occasion de m'approcher ou d'établir avec moi le moindre contact. Je le savais nourri d'une haine sans limites. Et si j'avais simulé le mariage avec Fatima, c'était surtout pour la soustraire à sa famille qui la laissait gigoter toute seule durant ses crises. Il avait passé toute sa vie à jalouser son frère, à chercher à nuire aux uns et aux autres. Sa passion consistait à tendre des pièges aux gens, à les faire chanter et à profiter de leur faiblesse ou de leur malheur. C'était une charogne. Quand je le vis, je compris qu'il m'avait piégée. Il était silencieux et savourait sa victoire. J'aurais pu tout nier et ne pas le reconnaître, mais l'image du lac d'eau lourde et gluante m'envahit, me donna la nausée et me fit perdre mon sang-froid. Nos deux regards se fixèrent. Dans le sien il y avait de la haine et l'appétit de vengeance. Dans le mien il y avait de la pitié et un immense désir d'en finir. Je lui demandai de m'attendre, le temps d'aller chercher mes affaires pour le suivre. Je montai dans la chambre du Consul, lequel avait l'air atterré, désemparé, sans réaction. J'allai directement au tiroir du bas. Je chargeai le revolver et descendis sans me presser. Arrivée à un mètre de l'oncle, je lui tirai tout le chargeur dans le ventre.

En une fraction de seconde je sus que la fin de l'épisode était arrivée. Il était de mon devoir de le conclure et de le signer par ce meurtre. Quand on tire sur quelqu'un, on ne pense à rien en général. Moi, je fus submergée d'une foule d'images et de pensées. J'étais prise par leur flot et je savais que ma main était mue par l'énergie de Fatima, puis par celle de mon père et de ma mère et de tous ceux qui avaient été un jour victimes de la méchanceté de cet homme.

A la vue du sang couleur jaune verdâtre qui coulait de ce corps étendu par terre, je fus soulagée. L'Assise hurlait en se griffant les joues. Le Consul prisonnier de son mutisme avait l'air absent. J'eus froid. Je mis une écharpe sur l'épaule et attendis la suite des événements. Je fixais le sol et n'entendais plus rien. J'étais déjà loin. Je courais dans une prairie suivie par une meute d'enfants qui me lançaient des pierres. J'avais l'âge du bonheur, un an à peine. La notion de perte n'existait plus chez moi. J'avais vécu en quelques mois une passion qui pouvait me nourrir jusqu'à la fin de mes jours.

Je fus jugée et condamnée à quinze ans de prison. Je ne voulais pas d'avocat. On m'en attribua un d'office. C'était une avocate, une jeune femme qui fit une belle plaidoirie sur la condition de la femme dans un pays musulman. L'Assise et le Consul furent entendus comme témoins. Je ne me souviens plus de ce qu'avait dit l'Assise, quant au Consul, même s'il était éprouvé par cette affaire, il ne le montra point. Il fit une déclaration qu'il avait préparée :

— Celui qui cherche toujours à faire honte à l'homme ne peut avoir notre estime. Celui qui n'épargne la honte à personne n'est pas un homme. Quand on possède la grâce et qu'on est pourvu d'une grandeur d'âme, il arrive qu'on devienne cruel, c'est-à-dire justicier. La femme que vous jugez aujourd'hui est de ces êtres exceptionnels qui ont survécu à toutes les hontes infligées par la haine. Elle est allée au-devant de sa plus grande douleur et cela lui a été dicté par sa grandeur d'âme. Je suis lié à cette femme par un pacte; c'est notre secret. Là est notre amour. On n'a pas l'habitude d'entendre parler d'amour dans cette enceinte. Sachez ceci : cet amour qui nous lie éloigne de moi les ténèbres. Alors je l'attendrai.

16

Dans les ténèbres

Ma vie s'organisa très vite en prison. Je ne considérais pas l'enfermement comme une punition. En me retrouvant entre quatre murs je réalisai combien ma vie d'homme déguisé ressemblait à une prison. J'étais privée de liberté dans la mesure où je n'avais droit qu'à un seul rôle. Hors ces limites c'était la catastrophe. Sur-le-champ je ne me rendais pas compte combien je souffrais. Mon destin avait été détourné, mes instincts brimés, mon corps transfiguré, ma sexualité niée et mes espoirs anéantis. Avais-je le choix ?

La prison est un lieu où on simule la vie. C'est une absence. Elle a la couleur de l'absence, la couleur d'une longue journée sans lumière. C'est un drap, un linceul étroit, un visage brûlé, déserté par la vie.

Ma cellule était étroite et j'en étais ravie. Je vous disais qu'elle préfigurait la tombe ; je considérais ce séjour comme faisant partie des préparatifs au grand départ. L'humidité des murs ne m'atteignait pas. J'étais contente d'avoir enfin un territoire à l'échelle de mon corps. J'entretenais le minimum possible de liens avec les autres détenues. Je refusais de sortir pour la promenade. Je demandai du papier et un crayon. Je voulais

143

écrire. Je me sentais sollicitée de partout par les mots. Ils venaient nombreux, en bande, cogner contre la paroi de ma cage froide. Des mots, des odeurs, des images, des bruits rôdaient autour de ma captivité. Les premiers temps je ne m'en occupais pas ; je faisais l'apprentissage de l'attente. Je ne voulais pas mesurer le temps. Pour cela je supprimais la faible lumière qui descendait d'une ouverture en haut du mur. A quoi bon simuler le jour et sa clarté alors que tout ce territoire était plongé dans une nuit noire, longue et profonde ? Je demandai l'obscurité et finis par l'obtenir. Je préférais vivre dans une étendue d'une même couleur, m'habituer à ce terrain plat, cette ligne droite sur laquelle je marchais ; je m'introduisais petit à petit dans l'univers quotidien de ceux qui sont privés de la vue comme moi j'étais privée de liberté. Je vivais les yeux fermés. J'avoue avoir eu du mal à m'habituer. Je m'étais bandé les yeux pour plus de sûreté. Non seulement il n'y avait rien à voir dans ce lieu sordide, mais c'était ma façon d'être proche du Consul. J'essayais d'entrer dans ses ténèbres, espérant le rencontrer, le toucher et lui parler.

Il venait me rendre visite tous les vendredis, en début d'après-midi. Ma vie était ponctuée par ces visites hebdomadaires. Au début cela faisait rire quelques imbéciles qui ironisaient sur « l'aveugle qui vient la voir, oui la voir... » Je ne répondais jamais à ces sarcasmes. Les premiers temps — je n'avais pas encore fermé mes yeux —, on se regardait et on ne se disait rien. Nous restions, le temps de la visite, la main dans la main sans prononcer un mot. Il m'apportait des livres, des blocs de papier, des stylos. En me bandant les yeux, je me condamnais à ne pas écrire. En même temps, l'envie d'écrire devenait de plus en plus urgente en moi. La lumière s'allumait dans toutes les cellules de sept heures à neuf heures du soir. Je décidai d'ouvrir les yeux pendant ces deux heures et j'écrivais. Je griffonnais ; je gribouillais. J'avais tellement de choses à consigner et je ne savais par quel bout commencer. Je remettais alors le bandeau sur les yeux et enfouissais ma tête dans l'oreiller. Retrouver le noir me rassurait. J'étais ainsi en communion avec le Consul. Il ne le savait pas et je ne voulais pas qu'il le sût. Mon amour pour lui prenait le chemin de ses propres traverses et c'était pour moi l'unique moyen d'être avec lui. La cécité, quand elle est bien acceptée, donne une clairvoyance et une lucidité remarquables sur soi et sur les rapports avec les autres. Comme je n'arrivais pas à écrire vraiment, j'employais les deux heures de lumière à lire. Je ne pouvais m'empêcher de faire des projections sur tous les personnages des récits que je lisais. Je leur bandais les yeux systématiquement ou je les envoyais en prison pour homicide volontaire avec préméditation. Ma lecture n'était jamais innocente. Il m'arrivait même de transférer un personnage d'une histoire à une autre Cela m'amusait et me permettait d'agir un peu. Tout cela s'embrouillait dans ma tête et peuplait ensuite mes nuits où rêves, cauchemars et écran blanc se confondaient et me harcelaient. J'étais peu à peu devenue moi-même un personnage de ces nuits agitées et rocambolesques, à tel point que je m'empressais de dormir pour, enfin, vivre des aventures hors du commun.

J'étais ainsi engagée dans une histoire d'amour cruelle où j'étais à la fois Sasuke le disciple amoureux de son professeur, maître de musique, et cette même femme

145

Shunkin, rendue aveugle parce qu'une bouilloire d'eau brûlante avait été versée sur son visage. J'étais l'homme et la femme à la fois, tantôt ange possédé par la grâce et l'amour, tantôt orage vengeur et sans pitié. J'étais la note de musique et l'instrument, la passion et la souffrance. Il m'arrivait tellement d'histoires que je confondais tout avec plaisir, curieuse de voir ce que la nouvelle nuit allait m'apporter comme habits.

Je lus bien sûr *les Mille et Une Nuits,* par petits bouts. Je sautais d'une nuit à l'autre et imaginais bien les conséquences du désordre que je provoquais.

Mes nuits étaient riches. Au lieu d'écrire, je lisais pour les nourrir. Quant aux journées je les avais annulées, incluses dans le noir, ficelées dans le même sac. J'avais décidé de ne rien voir de la prison, ou du moins en voir le minimum de choses possible. C'était mon droit et j'y tenais, malgré parfois les commentaires des gardiennes. La première année s'était déroulée selon ce rythme régulier : noir le jour — ouverture des yeux entre sept et neuf pour lecture ou écriture — noir de nouveau avec en plus la nuit et ses cortèges — visite du Consul le vendredi. Cela prenait la forme d'un rituel.

Ce vendredi-là, dès le matin, j'eus le pressentiment qu'il ne viendrait pas. J'eus le cœur serré et je n'étais pas dans une bonne disposition. Je savais. Impossible de dire quoi. Je savais, c'était tout.

A cinq heures la gardienne m'apporta une lettre. L'enveloppe était déchirée. Je retirai mon bandeau. La chambre était trop obscure pour permettre de déchiffrer la lettre. Je montai sur le lit et enlevai le morceau de tissu noir que j'avais accroché à la fenêtre. J'obtins un petit filet de lumière et me mis à lire. Mes jambes tremblaient et mes yeux avaient du mal à s'ouvrir entièrement. J'attendis un moment.

Amie,

Ma sœur est morte mercredi matin d'une hémorragie cérébrale. Je l'ai enterrée tout seul le jour même. Ce fut rapide et tant mieux. La vie à la maison était intenable. On se disputait tout le temps. Moi, j'étais malheureux et elle aussi. Je n'acceptais plus ses habitudes, sa nourriture, son ronflement, son odeur, sa voix. J'étais devenu allergique à sa présence. Je perdais patience et réagissais avec agressivité. J'ai découvert combien l'être contrarié en permanence et avec insistance pouvait être violent. Ma violence était physique au début, puis, avec la répétition des choses, elle était intérieure et je cultivais la haine pour cette pauvre femme. Toute sa vie fut une suite d'échecs après des ambitions non avouées, des convoitises, un acharnement pour m'isoler et me garder pour elle seule. Elle voulait me gaver et me dévorer. Je ne perdais pas pied. J'étais vigilant. Après le drame puis votre départ, elle se disait coupable et parlant de vous, elle ajoutait : « De toute façon rien de vrai ne pouvait venir de quelqu'un qui avait bâti sa vie sur le mensonge. » Je la laissais parler. Je ne lui répondais pas. Elle pleurait et espérait la mort. Je la lui souhaitais en silence. Sa jalousie nous a ruinés ; elle a tout dévasté ; il ne reste plus rien de vivant dans notre maison.

Ce fut elle qui fit faire des recherches sur vous dans votre ville natale. Elle disait qu'elle voulait vous démasquer. Elle a réussi à trouver cet homme véreux qu'était votre oncle, un usurier qui utilisait sa boutique de babouches comme comptoir de prêt. Savez-vous que sa mort a fait le bonheur de beaucoup de monde ? Il était honni par les gens. Il était impliqué dans nombre d'affaires douteuses, mais toutes de peu d'envergure. Tout cela pour vous dire que votre geste était légitime. Je pense à vous. Mes yeux, fermés sur la pensée de vous, ont le désir de vous retrouver. Je dois régler les problèmes créés par la mort de ma sœur. Il faudra que je me réorganise. La solitude ne me fait pas peur. Je ne sais pas quand j'aurai tout réglé. J'ai besoin de quelqu'un pour s'occuper de la maison et aussi pour m'allumer le feu à la cuisinière. Pour le moment un jeu..e homme, fils des voisins, me tient compagnie. Il me fait la lecture et se dit mon disciple. Cela me fait rire. Ses parents m'envoient les trois repas. Ils sont très gentils. Leurs enfants sont dans mon école. Depuis avant-hier je ne cesse de recevoir des gens ; ils viennent plus pour m'offrir leur aide que pour les condoléances. Ma sœur n'était pas aimée. Je crois que c'est la pire des choses. Mourir seul et n'être regretté par personne est une tristesse insoutenable. J'ai toujours su que les pervers finissent leur vie dans une solitude atroce. Ma sœur n'a pas eu le temps de connaître cette souffrance, mais elle n'était pas aimée et cela la faisait souffrir en permanence. J'étais le seul être qu'elle avait au monde. Il m'est arrivé de l'aimer et de céder à ses demandes. Elle insistait pour s'occuper de tout, même de ma toilette. Je ne l'ai jamais aimée comme une sœur, mais comme une mendiante qui donne tout ce qu'elle possède pour un peu de chaleur. C'est cela la pitié. Je suis sévère, car je lui dois d'avoir survécu. Mais doit-on traîner avec soi jusqu'à la mort ceux qui vous ont condamné à vivre ? A présent qu'elle dort d'un sommeil sans bruit, sans images, un sommeil au-delà de toutes les nuits, nous n'irons pas la réveiller par un jugement sans pitié.

La souffrance qui m'habite ne parle pas d'elle mais de vous, le jour comme la nuit. Mes pensées s'enracinent dans une forêt crépusculaire où vous êtes pour le moment captive. Mon cœur est un banc de pierre couvert de feuillage, posé sur le chemin pour la halte et le repos. Le hasard ou le vent vous y ramènera. Je vous attends. A tout à l'heure.

Il disait souvent « à tout à l'heure » pour dire « à bientôt » ou « à vendredi prochain ». La mort de l'Assise m'affecta. Je repensais à son malheur, à son corps ingrat, à ses défaites ayant laissé des traces sur son visage, je cherchais à comprendre pourquoi elle ne s'abstenait pas de faire le mal quand rien ne l'y obligeait. Elle voulait faire payer à tout le monde la misère de son corps vite confondue avec la détresse de son âme. Il est des gens qui, pour vivre, puisent leur énergie dans la haine. Vous les verrez souvent rôder au moment du crépuscule autour d'un lac d'eau morte, là où les rats les précèdent pour y déverser tout leur poison. On a beau se dire que c'est le malheur qu'ils expulsent pour se purifier, en vérité ils sont porteurs de charges négatives et ont besoin de les dépenser sur les autres avant qu'elles n'entraînent leur propre paralysie, puis la mort. L'Assise avait dû mourir, victime de sa propre volonté de nuire. Perturbée après le drame qu'elle provoqua, elle avait dû perdre la tête et ne trouvait nul lieu, nul être, sur qui décharger toute sa rancœur.

Je remis mon bandeau et recherchai la nuit. Il ne me restait plus qu'à attendre les heures sereines que seul l'amour viendra troubler. Tout mon être aspirait au calme, à cet état où les rythmes se ralentissent et donnent un apaisement et une lassitude heureuse. Je ne désirais plus que ce sommeil, peuplé de personnages qui continuaient de vivre en moi comme si j'étais devenue leur dépôt, l'âtre et la crypte où ils se tapissent durant la lumière du jour. Mais dès que je fermais l'œil ils accouraient de partout allant jusqu'à me reprocher ma longue absence. Je riais et je poursuivais avec eux les aventures commencées dans d'autres époques. Ce qui me gênait c'est qu'il n'y avait nulle trace du Consul dans cet univers plein d'agitation, de rire et de fureur. Il fallait trouver la porte secrète par laquelle l'introduire et le mêler à ces spectacles. Il y avait bien un aveugle, gardien à l'entrée du jardin andalou, mais ce n'était pas le Consul. Celui-là avait un bâton et empêchait les enfants d'entrer. Il lui arrivait même de les frapper. Il était méchant, pas parce qu'il ne voyait pas, mais parce qu'il était gardien et pauvre.

17

La lettre

Avec le bandeau noir sur les yeux j'accédais petit à petit au monde des aveugles. Je réapprenais les gestes de la vie quotidienne, lesquels étaient réduits au minimum en prison. Je ne retirais le bandeau que pour lire, écrire et me laver. La couche des ténèbres que je faisais venir à moi s'épaississait de jour en jour. Elle m'aidait à me séparer de mon corps, à le laisser intact, gardant en un souvenir ardent les dernières caresses de l'homme que j'aimais. Le temps s'annulait de lui-même. Je ne simulais rien cette fois-ci. Je m'adaptais et j'apprenais à apprivoiser la solitude et l'attente. De toutes les détenues j'étais peut-être celle qui ne se plaignait jamais de la solitude. Quant à l'attente je n'en parlais à personne. J'avais imposé autour de ma cellule le silence et même l'oubli. Je donnais de l'argent pour avoir la paix. Je ne voulais surtout pas avoir à justifier mes gestes et mon isolement intérieur. Avec l'enfermement il s'était produit un phénomène curieux : mon passé d'homme déguisé ne m'obsédait plus ; il était tombé dans l'oubli. Avec la mort de l'oncle j'avais liquidé le passé (du moins je le croyais). En outre, je considérais que je n'étais pas en prison pour payer ce crime, mais que j'étais là presque volontairement pour attendre le retour du Consul, parti

151

dans un continent lointain. Attendre et apprendre à vivre dans le noir. J'avais l'impression qu'il fallait passer par là pour mériter cet amour. Je m'arrangeais ainsi avec ma nouvelle vie et je cultivais la patience.

Les visites du Consul s'espaçaient de plus en plus. Il préférait m'écrire et me répétait dans presque chaque lettre combien il souffrait de me voir dans cet état de réclusion et de soumission. Je levais ce malentendu dans une lettre que j'avais mis longtemps à rédiger et encore plus de temps à me décider à lui adresser. Je ne pouvais me faire à l'idée que cette lettre ne serait pas lue directement par lui, mais par une tierce personne. J'espérais la lui lire moi-même au parloir, mais des oreilles se penchaient sur nous. J'aurais aimé savoir écrire en braille. J'avais fait une demande à la direction de la prison. Je ne reçus aucune réponse. Ils avaient dû se moquer de moi. Aujourd'hui j'aurais utilisé ces petits magnétophones, mais à l'époque les cassettes n'existaient pas encore. Je dus réécrire plusieurs fois ma première lettre d'amour.

Ami,
Je charge l'humilité des mots de vous dire l'ombre vacillante du souvenir, ce qui me reste de notre poème. Cela fait à présent quelques mois, peut-être un siècle, que vers vous je marche, les bras en avant comme cette statue dans la légende qui avance vers la mer. Je ne suis pas derrière vous, mais j'ai pris le chemin inverse pour être à votre rencontre, pour que nos visages se retrouvent, éclairés par la même lumière. J'avance et sous mes pieds je sens qu'une partie de moi dans la terre s'enracine. L'épaisse couche des ténèbres qu'autour de moi j'organise me sert d'asile. Elle me couvre et me

protège, tantôt crinière, tantôt voile hissée contre la lumière. Nous sommes, vous et moi, du même rêve comme d'autres sont du même pays, je ne dirai jamais de la même famille. Comme l'écho d'un chant matinal, votre voix se penche sur moi et m'accompagne dans ma marche. Voix nue sans mots, sans phrases, juste la chaleur d'un murmure. Là où nous sommes, les saisons se succèdent sans nous effleurer ; elles vont et viennent là-bas derrière les montagnes. Pour notre amitié — vous dites amour, vous —, je ne fais aucune prière. Elle est hors des mots. C'est une plante aux feuilles larges plantée dans ma conscience et dans mon cœur. Elle m'empêche de me décomposer et de faillir à l'attente. Il m'arrive d'être atteinte de tristesse ; une stupide et lourde tristesse m'enveloppe comme une cape d'étoiles mortes. Alors je ne fais rien. Je laisse passer ces moments qui me séparent de vous. Vous vous éloignez et votre regard se détourne. Je le sais et je n'y peux rien. Je me nourris tellement de cette émotion que je sens à la seule pensée de vous. Le temps dans lequel je marche est un désert, et le sable est tantôt froid tantôt brûlant. Je porte d'épaisses chaussettes de laine et des sandales de nomade. Je prends soin de mes pieds parce que la route est longue. Je sais le temps comme un fleuve profond et inconsistant. Je le suis. Il est le sens qui mène vers le lieu de notre prochaine rencontre.

Ami, j'espère que cette lettre vous parviendra alors que vous êtes en bonne santé. Ici, comme vous le savez, il ne me manque que la vue de votre visage. De mon attente à votre retour, l'étendue d'une mer bleue. Je vous baise les mains.

J'envoyai cette lettre en me disant qu'il trouverait bien un lecteur discret et fidèle. Mon corps avait froid. Je mangeai un morceau de pain et quelques olives et je me ramassai dans un coin, lasse comme si j'avais définitivement perdu le sens de moi-même. Mon sommeil fut profond et la nuit se passa sans les retrouvailles avec les personnages des histoires que je lisais.

18

Cendre et sang

Alors que je pensais être délivrée de mon passé au point où je ne me souvenais plus des visages des uns et des autres, mes sœurs, au nombre de cinq — l'une était gravement malade ou peut-être même morte, l'autre vivait à l'étranger —, débarquèrent dans un défilé où le grotesque l'emportait sur le ridicule. (Je suis incapable aujourd'hui de vous dire si c'était une vision, un cauchemar, une hallucination ou une réalité ; j'en ai gardé un souvenir précis et vif dans les détails, mais je n'arrive pas à situer le lieu et le temps.)

Elles étaient toutes habillées de la même façon : chemise blanche, cravate et djellaba noire, capuchon relevé sur la tête, une moustache dessinée au crayon noir, des lunettes de soleil. Elles se présentaient à moi, l'une après l'autre. Elles portaient chacune un sac en plastique. Tout semblait identique et soigneusement mis en scène. Apparut la plus grande qui me fixa de ses yeux globuleux, déposa le sac sur la table et me donna l'ordre de l'ouvrir : il y avait un rat mort. Je hurlai, mais ma voix ne se fit pas entendre. Dans l'autre main, elle avait un rasoir de barbier, ouvert, prêt à taillader un visage ou une gorge. J'étais collée contre le mur froid. Je subissais sans pouvoir échapper à ces tortures.

La suivante déposa le sac devant moi et, un couteau de boucher dans la main droite, me signifia de l'ouvrir. Il y avait une petite boîte, laquelle contenait un scorpion roux, vivant, prêt à piquer.

L'autre me montra une paire de ciseaux et me tendit le sac. Il était vide. A peine l'avais-je ouvert qu'elle me colla la tête contre le mur et se mit à me couper les cheveux. Elle avait son genou sur mon ventre. J'avais mal. Les autres riaient et disaient : « Ça t'apprendra, menteuse, voleuse ; tu nous as tout pris... espèce de salaud, un salaud qui nous massacrait... »

La quatrième — petite, peut-être naine — se jeta sur moi et me mordit dans le cou. Le sang coula. Je me débattais. Les autres me retenaient. La naine recueillit le sang dans un flacon qu'elle mit ensuite dans le sac en plastique. « Avec ça et les cheveux, ça fera l'affaire », dit-elle.

La dernière — la plus jeune apparemment — déposa son sac entre mes jambes, vint vers moi en ayant l'air désolé, se mit dans mes bras et me murmura à l'oreille : « Moi je t'aime bien ; je ne voulais pas qu'on te fasse du mal, d'ailleurs moi, j'ai les mains vides. Je ne suis pas méchante. » Elle m'asséna un coup sur le front et partit en riant. Je faillis m'évanouir tellement le coup était fort quand je sentis quelque chose frôler mes jambes. La dernière était la pire. Dans le sac qu'elle avait négligemment laissé près de mes pieds, il y avait une vipère. Je montai sur la table et hurlai. Le temps que je réalise où j'étais, elles avaient toutes disparu. Par terre, il y avait quelques touffes de cheveux, des gouttes de sang et des petits tas de cendre.

Toute secouée, j'étais en larmes. Le malheur s'était

penché sur moi comme l'aile d'un rapace qui frôle sa proie. Cette histoire je l'ai vécue. Quand, où, je ne sais pas. Était-ce quand j'étais en prison, ou était-ce à l'époque de l'agonie de mon père ? Je l'ai vécue et revécue dans une espèce d'acharnement et de harcèlement d'images troubles, toutes entourées de noir. Il était question de deuil, de veuve spoliée et de vengeance.

C'était peut-être un cauchemar qui avait précédé ou suivi l'expédition punitive dont je fus victime.

Un jour, alors que j'étais plongée dans le noir à la recherche de la silhouette du Consul, une gardienne, robuste et laide, vint me sortir de ma cellule. Elle m'arracha le bandeau des yeux et m'obligea à la suivre.

— Tu as de la visite, et pas celle que tu attends.

Au lieu de m'emmener au parloir, elle me fit descendre dans une cave, probablement un lieu utilisé pour les interrogatoires et la torture ; elle me fit entrer dans une chambre grise et humide, où il y avait juste une table, un tabouret et une lampe.

Je restai quelques minutes seule dans cette pièce où il n'y avait même pas une petite ouverture pour laisser passer l'air. Sur le mur, plusieurs couches de peinture d'un gris sombre cachaient des traces de sang. La porte s'ouvrit et comme au théâtre je vis entrer l'une après l'autre cinq femmes, toutes habillées de la même façon : djellaba grise, foulard blanc cachant les cheveux à partir des sourcils, mains gantées, visage pâle sans la moindre trace de maquillage. Toutes laides, elles dégageaient le malaise. Je compris à qui j'avais affaire : une secte de sœurs musulmanes, fanatiques et brutales. Elles tournèrent autour de moi. J'écarquillai les yeux et je reconnus mes sœurs. La gardienne se tenait là. Sa complicité et son silence avaient été achetés. Elles étaient venues exécuter un plan bien précis, me faire mal, peut-être me défigurer ou simplement me menacer et me faire peur. Le discours de l'aînée allait vite me renseigner sur les intentions de ce groupe de démentes :

— Nous sommes venues, cinq doigts d'une main, mettre fin à une situation d'usurpation et de vol. Tu n'as jamais été notre frère et tu ne seras jamais notre sœur. Nous t'avons exclue de la famille en présence d'hommes de religion et de témoins de bonne foi et de haute vertu. A présent, écoute-moi : tu nous as fait croire que tu étais une statue, un monument donnant la lumière, ramenant l'honneur et la fierté dans la maison, alors que tu n'étais qu'un trou enveloppé d'un corps maigrichon, un trou identique au mien et à celui de tes six autres ex-sœurs. Mais ton trou tu l'avais bouché avec de la cire et tu nous a trompées, humiliées ; comme le père tu ne te gênais pas pour nous mépriser ; tu passais, hautaine et arrogante. Ah ! si on avait pu, on t'aurait matée, toi la petite dernière... on t'aurait tout simplement massacrée. Mais Dieu fait bien les choses. Quand on s'égare de sa voie, Il vous y ramène à genoux, sur une plaque de fer rougi par le feu. A présent, tout doit rentrer dans l'ordre. Tu ne t'en sortiras pas. Tu paieras. Pas de pitié. Pas de répit Notre père avait perdu la raison ; notre mère, la pauvre, était tombée dans le puits du silence ; et toi, tu as profité du malheur, tu as fait ta valise et tu as tout emporté. Tu nous as laissées sur la paille, dans la misère noire, dans cette vieille maison en ruine, où tout moisissait, où il n'y avait plus de place pour la vie. Tu as pillé la maison et emporté l'héritage. Si tu es aujourd'hui en prison, c'est que tu l'as bien mérité. Tu as ruiné toute la famille

Alors il faut que tu paies. Rappelle-toi, tu n'es qu'un trou entouré de deux jambes maigrichonnes. Et ce trou on va te le boucher définitivement. On va te faire une petite circoncision, on ne va pas simuler, ce sera pour de bon, il n'y aura pas de doigt coupé, non, on va te couper le petit chose qui dépasse, et avec une aiguille et du fil on va museler ce trou. On va te débarrasser de ce sexe que tu as caché. La vie sera plus simple. Plus de désir. Plus de plaisir. Tu deviendras une chose, un légume qui bavera jusqu'à la mort. Tu peux commencer ta prière. Tu pourras crier. Personne ne t'entendra. Depuis ta trahison nous avons découvert les vertus de notre religion bien-aimée. La justice est devenue notre passion. La vérité notre idéal et notre obsession. L'islam, notre guide. Nous rendons à la vie ce qui lui appartient. Et puis nous préférons agir dans l'amour et la discrétion familiale. A présent, au nom de Dieu le Clément et le Miséricordieux, le Juste et le Très-Puissant, nous ouvrons la petite mallette...

Pendant qu'elle parlait, deux de ses compagnes me ligotèrent les mains sur la table glacée. Elles me déchirèrent mon saroual et levèrent mes jambes en l'air. La gardienne, habituée des lieux, leur indiqua deux crochets au plafond. Elle leur fournit les cordes. Mes jambes écartées étaient tirées par les cordes de chaque côté. L'aînée me mit un chiffon mouillé dans la bouche. Elle posa sa main gantée sur mon bas-ventre, écrasa de ses doigts les lèvres de mon vagin jusqu'à faire bien sortir ce qu'elle appelait « le petit chose », l'aspergea d'un produit, sortit d'une boîte métallique une lame de rasoir qu'elle trempa dans l'alcool et me coupa le clitoris. En hurlant intérieurement je m'évanouis.

159

Des douleurs atroces me réveillèrent au milieu de la nuit. J'étais dans ma cellule : mon saroual plein de sang. Mon sexe était cousu. Je tapai à la porte pour appeler au secours. Personne ne vint. J'attendis le matin, je suppliai l'une des gardiennes de me conduire à l'infirmerie. Je lui donnai de l'argent. L'infirmière — probablement de connivence avec la gardienne tortionnaire — me donna une pommade et me fit signer un papier où je reconnaissais m'être mutilée. C'était la pommade contre la signature. J'appris alors que tout le monde avait été corrompu par mes sœurs. Le médicament atténua la douleur.

Durant plus d'un mois j'étais perdue, égarée, sans repères, folle, délirant la nuit, fiévreuse, au bord de tous les abîmes. Le Consul était venu deux fois me voir, mais je n'avais ni le visage ni le courage de lui parler. Je n'avais surtout pas la force de raconter ce qui m'était arrivé. Et pourtant je fus hantée par l'idée de vengeance. J'élaborai dans ma tête plusieurs scénarios, ensuite la honte de moi-même, le dégoût de cette famille, me ramenaient à mon pauvre état, désemparée et ruinée.

Je pus, après sa deuxième visite, rédiger un mot et le lui adressai par l'intermédiaire d'une détenue qui me témoignait de la sympathie. Sur ce mot j'inscrivis juste cette phrase :

Perdu vos traces. Suis dans le noir et ne vous vois plus. Malade. Malade. Le corps blessé. Vous êtes ma seule lumière. Merci.

19

Les oubliés

Blessée, sinistrée, je poursuivais mes errances nocturnes plus pour échapper à la douleur que pour faire de nouvelles rencontres. Je me frayai un chemin entre des corps décharnés suspendus dans un immense hangar. La peau sur les os, ils pendaient, nus, transparents. Une armée de corps vidés de toute substance attendait dans ce hangar. Je vis une porte à l'autre bout. J'avançai. Il y avait même une pancarte indiquant la sortie en plusieurs langues, avec des flèches vertes. Je suivis la direction des flèches. Je n'atteignis jamais la sortie. J'étais condamnée à errer dans cette chambrée où régnaient un silence glacial et une odeur de peur. Je ne savais pas que la peur pouvait avoir une odeur. Un léger courant d'air passait d'un bout à l'autre et faisait bouger à peine les corps. Parfois les os se cognaient, et cela donnait un bruit de claquettes que l'écho transformait. Derrière moi j'entendis une voix :

— Approchez, j'ai juste le temps de vous révéler le secret de la vie et vous dire le visage de la mort… N'ayez pas peur. Ils ont cru que j'étais mort. Je suis blessé, mais je vois déjà le paysage d'après la vie. Êtes-vous blessée ? De toute façon, je n'ai plus rien à craindre. Il faut que vous sachiez, il faut que le monde sache... Attendez, ne partez pas...

Je me retournai et je vis un homme avec du sang sur les genoux, le visage verdâtre. Ce n'était pas un fantôme. C'était un mourant ; il faisait un grand effort pour me livrer un secret. Je m'approchai :

— Tous ceux que vous voyez ici étaient des gens pauvres, des mendiants, des clochards, des malades. Ici, vous êtes dans la grande salle de la foire pour animaux. Un jour, ordre fut donné de nettoyer la ville, parce qu'un visiteur important, un étranger allait faire quelques pas dans les rues. Nous étions le visage sale et indésirable du pays. Il fallait effacer cette image, exiler cette population, la faire disparaître, du moins momentanément, juste durant les quelques jours de la visite de l'étranger. L'ordre fut exécuté. Rafle sur rafle. Ils nous entassèrent ici et nous oublièrent. Absolument. Nous fûmes oubliés. Nous nous sommes battus entre nous. Je suis le dernier survivant, celui qui devrait disparaître parce que son témoignage est terrible. Rapportez ces paroles. Racontez à tout le monde ce que vous avez vu ici. Ce n'est pas un cauchemar. Nous ne sommes pas des fantômes. Nous sommes des hommes devenus déchets et oubliés à jamais. Personne n'est venu nous réclamer. Vous êtes le premier être humain à entrer dans ce hangar...

Je m'étais probablement égarée dans ce territoire. Mes douleurs aiguës m'avaient entraînée là. J'étais éveillée, et c'était là une vision. Tout était vrai. Cette histoire eut lieu en hiver. Les gens de la ville en parlent encore. On découvrit tous ces corps le jour où on ouvrit la foire pour préparer une nouvelle exposition. La peur fut plus forte que la souffrance. La peur et le dégoût. Je palpais mon corps La chair et les os étaient meurtris. Je retins longtemps l'envie d'uriner. Je savais que j'allais avoir très mal. Mon bas-ventre était enflé. En urinant je retins ma respiration. J'étais en sueur. La voix de l'homme mourant s'était introduite en moi jusqu'à se verser dans la mienne et devenir ma propre voix. Je n'entendais plus le mourant mais je parlais intérieurement, répétant à l'infini ce qu'il m'avait confié. Curieusement cette appropriation fit baisser l'intensité de mes douleurs.

Je passai ainsi deux nuits entre la fièvre, la douleur et la peur.

Ma mutilation était l'expression d'une vengeance. Mais d'où était venue à mes sœurs cette idée barbare ? J'appris plus tard que la torture qui me fut infligée est une opération pratiquée couramment en Afrique noire, dans certaines régions d'Égypte et du Soudan. Son effet est d'annuler chez les jeunes filles qui s'éveillent à la vie toute possibilité de désir et de plaisir. J'appris aussi que jamais l'islam ni aucune autre religion n'ont permis ce genre de massacre.

La voix du mourant qui m'habitait devint claire et précise :

— La gardienne est une esclave ramenée il y a longtemps du Soudan... C'est une sorcière, experte dans les méthodes de torture...

Ce fut certainement elle qui suggéra à mes sœurs de me rendre infirme et m'exclure définitivement de la vie.

La fièvre qui persistait était due à l'infection. La rage

coulait dans mon sang et mélangeait tout dans mon esprit. Mes visions étaient de plus en plus sinistres. Ma voix se muait. J'avais l'impression d'être possédée par la mort. Pour m'en libérer je devais raconter ce que j'avais vu dans le hangar. Je cherchais quelqu'un à qui parler. Pas une gardienne ni une infirmière. J'eus la chance, au moment où je me traînais pour aller à l'infirmerie, de m'écrouler dans le couloir juste au moment où un médecin passait. J'étais à demi consciente. Il était furieux. Il hurlait et traitait tout le monde de sauvage et de barbare. Quelqu'un de l'administration lui montra le certificat où je reconnaissais m'être mutilée. Sa colère devint plus violente encore. Je fus hospitalisée sur-le-champ. Il soigna l'infection et attendit quelques jours pour enlever, sous anesthésie, les fils qui cousaient les lèvres de mon vagin. Quand je lui racontai comment les choses s'étaient passées, il eut peine à me croire. Il voulait faire intervenir la police, puis après un moment il leva les bras pour exprimer son impuissance :

— Ici tout le monde est corrompu. Personne ne croira à votre histoire. La police ne mettra pas en doute la parole des surveillantes. Et puis il y a ce papier signé par vous. Mais pourquoi ? Qu'avez-vous fait à ces femmes ?

Il me rassura sur mon état général et me promit de tout faire pour me garder le plus de temps possible à l'hôpital.

— Ce sera toujours ça de gagné sur la prison ! me dit-il.

Malgré les médicaments, j'avais encore mal. J'étais persuadée que si je ne dévoilais pas ce que j'avais vu dans le hangar — vu ou imaginé — je continuerais à souffrir. Ces images et les paroles du mourant me pesaient mentalement et physiquement. Chaque mot était comme un cristal à l'aiguille fine me perçant les points sensibles du corps.

Je demandai au médecin si, après le travail, il pouvait m'accorder un instant. Il hésita un peu puis accepta. Je commençai par le prévenir de l'aspect extraordinaire de mes visions et que même si celles-ci n'existaient pas, leurs effets m'atteignaient.

— Je ne suis pas folle, lui dis-je, mais je vis dans un univers où il n'y a pas beaucoup de logique. Croyez-moi ; tout ce que je vous demande c'est de m'écouter.

Je lui racontai en détail mon errance nocturne. Il ne semblait pas surpris. Il hochait la tête comme si cette histoire n'avait rien d'extraordinaire. Quand j'eus fini il se leva et me dit :

— Cette histoire, vous ne l'avez peut-être pas vécue, mais elle est vraie. La police avait enfermé des mendiants et puis elle les a oubliés. La presse n'en a pas parlé. Mais ici la rumeur tient lieu de source sûre pour l'information. Tout le monde savait, mais personne n'est allé vérifier. Alors c'est devenu une histoire incroyable. Ce qui m'étonne c'est le rapport entre vos souffrances et cette histoire...

— Disons qu'une grande douleur me procure une lucidité au seuil de la voyance !

Après cette séance je me sentis beaucoup mieux. Durant ces jours je ne pensais pas au Consul. Je ne l'avais pas oublié, mais je tenais à ne pas le mêler à ces histoires de sang et de mort. Il n'était pas au courant de mon hospitalisation. Quand il venait à la prison, on lui disait que je ne voulais pas le voir. Il se doutait bien de quelque chose. Il pensait que j'étais malade, déprimée, et que je n'osais pas lui montrer un visage terne et sans joie. Il tenait beaucoup à cette version des choses. Pour lui il y avait ce qui pouvait être montré et vu et ce qui ne pouvait pas l'être. Quand il vint à l'hôpital, la première chose qu'il me dit fut ceci :

— Êtes-vous disposée à présent à me montrer votre visage ?

Il était loin de soupçonner l'épreuve sanglante que je venais de subir.

Voir mon visage, c'était son premier geste. Il s'assit au bord du lit et de ses mains il me caressa avec douceur le front, les joues, le nez, la bouche, le menton.

— Vous avez beaucoup pleuré et puis vous avez maigri ! Il ne faut pas vous négliger ! Ce n'est pas bien.

Ce fut le médecin qui le prit à part et lui révéla le motif de mon hospitalisation. Il ne me dit rien à ce propos. Il me prit la main et la serra fort. Quand il partit, je passai mes doigts sur les joues et je sentis la présence d'un duvet. Je m'étais négligée. Mon visage était triste. Cela faisait plusieurs jours que je ne m'étais pas occupée de ma toilette intime. Le soir je m'enfermai dans la salle de bains et soignai mon apparence.

Le Consul venait me voir souvent. Il m'apportait des fleurs, des fruits, du parfum. Il n'arrivait jamais les mains vides. A aucun moment il n'évoqua avec moi ce qui s'était passé. J'appréciais cette discrétion ; en même temps elle m'inquiétait. Comment interpréter ce silence ? Était-ce l'expression d'une complicité, de sa solidarité, ou était-ce le signe d'un malaise qui, lentement, creusait un sillon entre nous ? Il m'était difficile d'aborder le sujet. Quand il venait, il me demandait des nouvelles de mon sommeil puis passait à autre chose. Il lui arrivait de discuter avec le médecin, mais pas en ma présence. J'appris plus tard qu'une des questions qui l'obsédaient tournait autour de ma possibilité d'avoir ou non des enfants. Cela le tourmentait et il ne le montrait pas. Moi aussi j'y pensais. Avant je rejetais toute idée concernant la grossesse, la naissance, l'éducation. Je n'avais pas eu le temps d'envisager, non pas la conception d'un enfant, mais l'idée même d'être un jour mère. Les rares fois où j'eus des relations sexuelles avec le Consul, j'avoue que je n'y avais absolument pas pensé. C'est dire combien tout cela était nouveau pour moi et que je continuais de considérer mon corps comme un sac de sable. Avec toutes mes incertitudes, je me voyais aussi en épouvantail rempli de paille, qui au lieu d'effrayer les corbeaux les attirait, certains se contentant de faire leur nid sur mes épaules, d'autres allant jusqu'à faire des trous à la place des yeux. Je perdais le sens de ma présence au monde. Je me désagrégeais. J'avais l'impression de tomber en ruine et de me reconstituer à l'infini. Tout revenait avec la violence d'une tempête dans la tête. Tout se mélangeait. Je cherchais le moyen d'être soulagée de la douleur, pas uniquement celle qui, tel un poison, circulait dans mon sang, mais aussi celle que je commençais à ressentir après les visites du Consul. Il venait et restait silencieux. Sa présence pesait des tonnes. Il avait l'air trop accablé. Le malheur l'habitait. J'étais de plus en plus embrouillée, ébranlée, m'enfonçant dans la confusion et les visions cauchemardesques. De nouveau je me retrouvais seule, affrontant sans anesthésie les derniers revers d'un destin où le malheur, la tristesse et la violence récusaient toute pitié. Je décidai de réintégrer la prison. Cette semi-liberté, entourée d'une blancheur trop cruelle pour mes yeux, ne faisait qu'accentuer mon trouble. Je dus supplier le médecin de me renvoyer à ma cellule.

J'étais en train de me préparer à partir quand le Consul fit son entrée dans la chambre. Il avait l'air un peu moins triste que d'habitude. Il m'apporta une botte de menthe et me dit :

— Faisons du thé, comme avant.

Je sentis de manière forte, ne laissant place à aucun doute, que quelque chose s'était définitivement brisé entre nous. Je ne saurais dire pourquoi. Je le sentis et je n'étais pas étonnée.

Nous ne fîmes pas le thé. Je lui annonçai que je retournais à la prison. Il ne dit rien. Pourtant il était venu pour me parler. Il s'assit sur une chaise, moi j'étais sur le bord du lit. Après un bon moment de silence, je vis son visage rougir.

— Arrêtez de bouger, s'il vous plaît.

— Mais je ne bouge pas...

— Non, je sais, mais il y a un tel va-et-vient dans votre tête... j'entends vos pensées qui s'entrechoquent.

Puis, sur un ton plus calme, il me dit :

— Aujourd'hui mes mains n'ont pas la force de vous regarder. Elles sont fatiguées. Elles se sentent inutiles et coupables. Je les sais négatives. J'ai eu du remords parce que je n'ai jamais été à la hauteur de votre enthousiasme et de votre courage. Je suis condamné à ne jamais connaître l'enthousiasme. Dès l'enfance j'ai été en plein dans la tragédie, et l'ordre que je reçus du ciel ou de la vie m'obligeait à persévérer, à ne pas interrompre le fil de la vie, à consolider mon être, à en faire un être non pas d'exception, mais normal. Je n'arrive pas à vous dire

avec cohérence tout ce que je pense et ce que je crois.
J'ai accepté la mort de l'Assise, mais pas votre départ et
votre enfermement. Alors depuis, je ne cesse de chercher un abri, un lieu de paix pour mes pensées, pour
mon corps fatigué. J'essaie d'écarter les lèvres cousues
de ma mère sous terre. Entendre, ne serait-ce qu'une
fois, sa voix... l'entendre me bénir ou même me maudire... Mais l'entendre. Je sais que je dois faire le voyage
des ténèbres, loin de tout, dans le désert, dans l'extrême
Sud. Pour le moment j'écris, et je dois vous avouer que
je le fais sous votre dictée. Ce que j'écris m'effraie et me
possède. D'où tenez-vous ce pouvoir de traverser la vie
en la perturbant avec arrogance, je veux dire avec
courage ? Avant, quand j'écrivais pour moi, je le faisais
la nuit. A présent votre voix chargée me parvient le
matin. Vos pensées traversent la nuit et arrivent au petit
jour. Mon rôle est de les organiser et de les transcrire.
J'interviens peu. Votre histoire est terrible. Au fond, je
ne sais pas si c'est votre histoire ou celle d'une conjonc-
tion qui nous dépasse tous, quelque chose qui découle en
faisceaux de lumière de la Voie lactée, parce qu'il est
question de lune, de destin et de déchirure du ciel. Je
vous dis, vous êtes vous-même le secret qui me possède.
Je ne peux m'en délivrer qu'en allant jusqu'au bout de
cette histoire. Mais que trouverai-je en fin de parcours ?
Vous n'êtes pas de celles qui ferment une histoire. Vous
seriez plutôt de celles qui la laissent ouverte en vue d'en
faire un conte infini. Votre histoire est une suite de
portes qui s'ouvrent sur des territoires blancs et des
labyrinthes qui tournent ; parfois on débouche sur une
prairie et parfois sur une vieille maison en ruine, une
maison fermée sur ses occupants, tous morts depuis

longtemps. C'est probablement le lieu de votre naissance, lieu maudit, frappé par la loi de l'absence et de l'oubli. Ô amie! depuis que je suis votre voix, depuis qu'elle me mène vers des nuits enveloppées dans de la soie et tachées de sang, je suis dans l'étrange. Je suis sûr que je n'imagine pas... mais je côtoie votre don de voyance. Comment vous dire que pour vous atteindre je suis obligé de passer par une porte étroite? Je vous entends et mes mains vous cherchent. Mais je vous sais loin, sur un autre continent, plus proche de la lune quand elle est pleine que de mon regard. Et je vous vois, tantôt homme, tantôt femme, superbe créature de l'enfance, échappant à l'amitié, à l'amour. Vous êtes hors de toute atteinte, être de l'obscur, ombre dans la nuit de mes souffrances. Il m'arrive de crier sans m'en rendre compte : « Qui êtes-vous? » Parfois j'ai l'impression que, depuis le drame, je suis enfermé dans un sort jeté par votre famille, tissé par des mains malfaisantes. Je voudrais vous dire, vous supplier même, de rester ce que vous êtes, de poursuivre votre route, car ni la prison ni les larmes des autres ne vous arrêtent. Je vous ai attendue longtemps. Vous êtes entrée dans ma vie avec la grâce étrange d'un animal égaré. Avec vous mon cœur est devenu une demeure. Depuis votre départ je n'y vis plus. Ma solitude est nue ; elle n'est plus protégée par vos soins. Seule votre voix anime mon corps et j'écris. Même effrayé, je continue de transcrire ce que vous me contez. Je suis venu pour l'adieu et le pardon. Notre histoire était devenue impossible. Je continuerai de la vivre ailleurs et autrement... Je m'en vais, là où ma cécité redeviendra une infirmité entière, destin funeste auquel je n'ai pu échapper malgré votre visite. Sachez enfin que j'ai appris votre beauté avec mes mains et que cela m'a donné une émotion comparable à celle de l'enfant qui découvre la mer. Mes mains, je les préserve, je les couvre d'un tissu fin, car elles gardent comme un secret l'empreinte de votre beauté. Je vous dis cela parce que j'ai appris aussi que cette émotion a la particularité d'être unique. Je ferme mes yeux et mes mains sur elle et je la garde, éternelle. Adieu, amie !

20

Mon histoire, ma prison

La confession du Consul me laissa perplexe, avec cependant une certitude : mon histoire, celle qui fit de moi un enfant de sable et de vent, me poursuivrait toute ma vie. Elle serait toute ma vie et ne laisserait place à rien d'autre. Tout ce que j'allais connaître par la suite serait d'une façon ou d'une autre un de ses prolongements, une de ses manifestations directes ou déguisées.

Mon histoire était ma prison ; et le fait de me trouver enfermée dans une cellule grise pour avoir tué un homme était secondaire. Partout où j'allais, je transportais ma prison comme une carapace sur le dos. J'y habitais et il ne me restait plus qu'à m'y habituer. Cet isolement m'aiderait peut-être à couper un à un les fils tissés autour de moi par ce destin détourné. J'étais une caisse fermée, déposée dans un hangar étroit et scellé. J'étais alors soumise à une torpeur étouffante venant de loin, de tellement loin que je sentais mon âge traversé et mis à l'épreuve pour des siècles.

Avant de me quitter, le Consul me laissa une feuille de papier pliée en quatre. Je l'ouvris. Il y avait un dessin, ou plutôt le plan d'une route. Une flèche indiquait maladroitement le sud, une autre le nord. Au milieu il y avait un palmier et non loin des vagues dessinées comme si c'était des oiseaux aux ailes déployées. Sur l'autre côté de la feuille, ceci :

> Seule l'amitié, don total de l'âme, lumière absolue, lumière sur lumière où le corps est à peine visible. L'amitié est une grâce ; c'est ma religion, notre territoire ; seule l'amitié redonnera à votre corps son âme qui a été malmenée. Suivez votre cœur. Suivez l'émotion qui traverse votre sang. Adieu, amie !

Après cela je renonçai au bandeau sur les yeux et à mes errances dans les ténèbres. Je commençais à être obsédée par l'idée d'une grande lumière qui viendrait du ciel ou de l'amour, elle serait tellement forte qu'elle rendrait mon corps transparent, qu'elle le laverait et lui redonnerait le bonheur d'être étonné, la naïveté de connaître des choses dans leur commencement. Cette idée m'excitait. Je me consacrais entièrement à son élaboration, au point que l'image du Consul se perdait, devenant floue et insaisissable. J'avais perdu ses traces. Je le savais sur les routes, peut-être dans une île ou même sous terre.

En prison je trouvais la vie naturelle. J'oubliais le besoin de liberté. L'enfermement ne m'oppressait pas. Je me sentais disponible. Les femmes venaient me voir, m'apportaient des lettres à leur écrire, toujours pour les autres. J'étais heureuse de rendre service, d'être utile. On me donna un petit bureau, du papier et des stylos. J'étais devenue la confidente et la conseillère. Le seul profit que j'en tirais était une satisfaction intérieure, une occupation qui m'éloignait de ma propre prison. En

173

même temps mes nuits ressemblaient de plus en plus à un déménagement ; elles se vidaient peu à peu de leurs locataires douteux, souvent monstrueux. Tous les personnages que j'avais accumulés durant ma vie étaient priés de quitter les lieux. Je les expulsais sans hésiter. Dès que je fermais l'œil je les voyais débarquer comme des fantômes descendant d'un train en plein brouillard. Ils étaient de mauvaise humeur. Certains protestaient, d'autres menaçaient de revenir se venger. Ce manque soudain d'hospitalité les avait surpris. Je remarquai qu'ils étaient tous estropiés, mal réveillés, désarçonnés. Ils traînaient la jambe. Il y avait même un cul-de-jatte qui se déplaçait à grande vitesse, donnant au passage des coups de poing aux retardataires. Au fond ils devaient être heureux de quitter cette carcasse où tout tombait en ruine. Mes nuits ressemblaient de plus en plus à un quai de gare désaffectée. En tombant de mes nuits, les personnages se perdaient dans le noir. J'entendais leur pas s'éloigner, puis c'était le silence et parfois le bruit d'une chute.

Le jour, j'étais accaparée par mon travail d'écrivain public. La nuit, je la passais à faire le ménage. Car après leur départ, ils avaient laissé un tas d'objets et de vieilles choses qui se coinçaient dans ma mémoire et ne me laissaient pas en paix.

J'avais mis du temps pour faire le propre à l'intérieur de ma tête. Cela avait duré des mois. Parmi les images que je perdis il y avait celle du Consul. Et pourtant je ne l'avais pas vu descendre. Tout ce que je savais c'est qu'il n'était plus en moi. Seul, de temps en temps, le souvenir de nos corps enlacés réapparaissait avec vivacité. On peut oublier un visage mais on ne peut tout à fait effacer

174

de sa mémoire la chaleur d'une émotion, la douceur d'un geste, le son d'une voix tendre.

Ma phase active me valut d'être nommée officiellement par l'administration pénitentiaire « écrivain public et secrétaire ». Je devais aussi rédiger le courrier du directeur qui ne savait écrire qu'un seul type de lettre. En tant que fonctionnaire de prison, même détenue, je devais porter la tenue réglementaire : veste et pantalon gris, chemise bleue, cravate noire, casquette bleu marine, chaussures noires.

Au début, cet accoutrement me gênait. Mais je n'avais pas le choix. C'était une faveur qui ressemblait à un ordre. Le travail, surtout en uniforme, m'aidait à m'éloigner de moi-même. L'image du Consul ne cessait de s'évanouir jusqu'à devenir un point mobile au centre d'une flamme. Mes souvenirs tombaient ; je les perdais de manière progressive comme d'autres perdent leurs cheveux. Ma tête brillait et aucun souvenir ne s'y accrochait.

Quand le matin je mettais mon uniforme, je me regardais dans le miroir. Je souriais. J'étais de nouveau en costume d'homme. Mais ce n'était plus un déguisement. C'était un habit de fonction. Les femmes s'habillaient comme les hommes pour avoir l'air sévère et imposer leur autorité. Moi je ne commandais personne, et pourtant les prisonnières me saluaient comme si j'étais leur supérieure. C'était ridicule. Certains, peut-être sans l'avoir fait exprès, m'appelèrent « monsieur ». Je ne rectifiais pas. Je laissais ce doute, mais j'avais la conscience en paix. Je ne trompais personne. Je prenais soin de mon visage. Je me maquillais plus qu'avant. J'étais devenue coquette. En prison, on continue malgré tout à jouer sur l'apparence. Moi je n'avais plus le cœur à jouer.

Mon statut s'était peu à peu amélioré. On m'accordait quelques privilèges. Je n'étais pas considérée comme une détenue à part entière ni une fonctionnaire de l'administration comme les autres. J'étais enviée par certains, crainte par d'autres. J'allais et venais entre les deux camps comme si j'étais dans deux langues.

Quand la correspondance se faisait rare, je réunissais les détenues qui le voulaient bien et qui s'intéressaient encore à la vie extérieure et je leur lisais les journaux vieux de quelques jours. Les événements qui secouaient le monde — guerres, coups d'État — ne les touchaient pas. Elles réclamaient des faits divers. « Du sang ! De l'amour ! » criaient-elles. Les crimes passionnels, voilà ce qu'elles aimaient. Les séances de lecture devinrent des soirées où je racontais des histoires. J'inventais au fur et à mesure que j'avançais. Le schéma était toujours le même : un amour impossible s'achevant dans le sang. J'avais du plaisir à créer et imaginer des personnages et des situations. Je me perdais parfois dans des digressions jusqu'à l'intervention massive de l'auditoire qui se moquait bien de mes commentaires. Il me ramenait aux faits bruts. Quand il y avait du chahut, j'arrêtais le récit. Mon talent de conteuse s'épuisait vite. Je racontais toujours la même histoire, celle de deux êtres s'aimant dans le risque et le danger de la clandestinité. Et puis le drame, la découverte de l'interdit, le châtiment et la vengeance.

Certaines femmes venaient me voir à part et me racontaient leur vie. Elles fabulaient beaucoup ; elles croyaient que leur vie était un roman, que leur destin était celui d'héroïne méconnue. En prison il ne leur restait que les mots pour vivre. Alors elles en usaient à tort et à travers. Elles s'inventaient une histoire pleine d'aventures. Je les écoutais avec patience. J'avais acquis peu d'expérience dans la vie. J'apprenais beaucoup à travers ces récits sur les mœurs de ma société, sur la mesquinerie des hommes, sur la grandeur et la faiblesse de l'âme. Je me rendais compte combien j'avais été préservée durant l'enfance et la jeunesse, combien j'avais été éloignée du vent, du froid et de la faim. On aurait dit que mon père m'avait mise sous verre, à l'abri de la poussière et du toucher. Je respirais difficilement parce que j'avais un masque d'acier, enfermée dans une famille elle-même enfermée dans la maladie, la peur et la démence. Ma vie d'homme déguisé avait été plus qu'un péché, une négation, une erreur. Si j'avais été fille parmi les filles, mon destin aurait été peut-être violent mais pas misérable, entaché de honte, de vol et de mensonge.

Entre les murs gris je ne pouvais que ressasser ces litanies. Mon regard n'avait plus d'harmonie. Il se posait par hasard. Il était devenu indifférent. Il m'arrivait d'avoir le sentiment d'inutilité. Ce qui entraînait ensuite une colère profonde. Je me retrouvais encore dans le lieu maudit où mon père était enterré. Je devenais une ombre malfaisante. Je le déterrais et le piétinais. J'étais folle. Lorsque j'envisageais la liberté, je me sentais mal, j'avais des sueurs.

Avec le temps et les petites habitudes les choses s'étaient annulées en moi : mes crises de rage disparurent, mes sentiments étaient blancs, de cette blancheur qui aboutit au néant et à la mort lente. Mes émotions s'étaient diluées dans un lac d'eau stagnante ; mon corps s'était arrêté dans son évolution ; il ne muait plus, il s'éteignait pour ne plus bouger et ne plus rien ressentir ; ni un corps de femme plein et avide, ni un corps d'homme serein et fort ; j'étais entre les deux, c'est-à-dire en enfer.

21

L'enfer

Elles avaient marché longtemps. En silence. Depuis le lever du soleil. On pouvait les apercevoir de loin. Elles avançaient par petits groupes. Elles venaient de loin ; certaines du Nord, d'autres de l'oriental. Le désir d'arriver sur cette dune et d'entrer en ce lieu mythique, source de toute lumière, ne laissait pas voir sur leur visage la faim, la soif et la fatigue. Elles avaient les lèvres gercées par la chaleur et le vent ; certaines saignaient du nez ; toutes acceptaient ces désagréments. Point de lassitude ni de regrets. Elles marchaient dans le sable jusqu'à se confondre avec ses mouvements, portant leur ombre comme un étendard pour saluer la dernière dune, pour oublier le vent sec et le froid du matin, pour arriver juste au moment où la lumière se fait douce et ambiguë, au moment où elle éloigne le soleil et rejoint le ciel au seuil de la nuit. Il fallait arriver juste à cet instant dont la durée est indéterminée. J'avais, dans ma solitude, décidé que l'éternité commencerait ici. Toute marche devait s'achever et se fondre dans cette lumière. Le désert a ses lois et la grâce ses secrets.

Celles qui faisaient le voyage ne posaient pas de question. Elles savaient qu'elles devaient arriver au moment où la lumière assure le passage du jour à la nuit. C'était une des conditions pour que leur démarche auprès de la Sainte soit acceptée.

J'étais sainte et sans pitié. Tantôt statue, tantôt momie, je régnais. Je n'avais plus de mémoire et je venais de nulle part. Mon sang devait être blanc. Quant à mes yeux, ils changeaient de couleur selon le soleil.

Elles étaient pour la plupart jeunes. Accompagnées par leur mère ou leur tante, elles n'osaient regarder le soleil en face. Leurs yeux devaient rester baissés, fixant le sable que leurs pieds enveloppés dans de grosses chaussettes en laine creusaient et marquaient en silence.

Elles avaient entendu parler de la Sainte des sables, fille de lumière, dont les mains avaient la grâce et le pouvoir d'arrêter l'irrémédiable, d'empêcher le malheur et peut-être même d'éloigner définitivement la stérilité du corps des jeunes femmes. Elles venaient là après avoir tout essayé. J'étais leur ultime recours.

Tout devait se passer en silence. Le silence dans ce lieu avait la couleur du froid sec, quelque chose comme le bleu. Il s'imposait telle une lumière qui s'insinue entre les pierres. Seul un écho lointain, le cri d'un enfant, habitait en permanence leur esprit.

J'étais assise sur un trône, les mains couvertes de gants blancs, le visage voilé. Les femmes, une à une, traversaient la pièce sur les genoux, la tête baissée. Un demi-mètre me séparait d'elles. Elles baisaient ma main et relevaient leur robe. Je devais caresser avec douceur leur ventre plat, et effleurer leur pubis.

Je retirais le gant et leur communiquais la chaleur qui devait en principe leur assurer la fertilité. Parfois mes doigts labouraient le bas-ventre avec force, comme si c'était de la terre molle et humide. Les femmes étaient heureuses ; certaines retenaient ma main sur leur ventre et la glissaient vers leur vagin. Elles pensaient que les caresses ne suffiraient pas. Pour plus de sûreté elles obligeaient mes doigts à froisser leur peau, à la marquer jusqu'à la blessure. J'étais infatigable. Les femmes défilaient toute la nuit. La Loi — celle de ce lieu et d'un maître omniprésent mais invisible — les obligeait à partir à l'aube, avec les premières lueurs du soleil. Face aux très jeunes femmes qu'on m'amenait j'étais perplexe. Elles étaient parfois tellement jeunes que je n'osais les toucher. Je me contentais de tremper mes doigts dans un bol d'huile d'argan et les posais à peine sur leurs lèvres. Certaines les léchaient, d'autres détournaient la tête, gênées peut-être par l'odeur forte de cette huile. Souvent leur mère leur donnait un coup sur la nuque, les obligeant à se barbouiller le visage dans ma main.

L'enfer, je le connus plus tard. C'était une de ces nuits claires où tout était démesuré : les bruits s'amplifiaient, les objets bougeaient, les visages se transformaient et moi, j'étais perdue et malmenée.

J'étais assise comme d'habitude, la main prête pour le rituel. Je faisais les gestes machinalement. Tout me paraissait déréglé, faux, immoral et grotesque. Tout d'un coup le silence se fit dans le marabout. Les femmes faisaient la queue pour recevoir de ma main la clé de leur délivrance.

L'enfer était en moi, avec son désordre, ses hallucinations et sa démence.

Je ne savais pas ce que je faisais. Le ventre nu qui se présenta à moi était poilu. Ma main descendit un peu et rencontra un membre en érection. Je la retirai et

181

regardai le visage qui essayait de se dissimuler. D'une voix basse il me dit :

— Il y a longtemps que tu es partie. Pourquoi nous as-tu quittés si brutalement ? Tu nous as laissé juste ton ombre. Je ne dormais plus. Je te cherchais partout. A présent rends-toi ! Rends-moi mon souffle, ma vie, redonne-moi la force d'être un homme. Ton pouvoir est immense. Tout le pays le sait. Il y a longtemps que tu es partie. Remets ta main sur mon ventre. N'hésite pas à le déchirer avec tes ongles. S'il faut souffrir autant que ce soit par tes mains. Tu es belle et inaccessible. Pourquoi t'es-tu éloignée de la vie, pourquoi sièges-tu à l'ombre de la mort ?...

Le capuchon de sa djellaba était rabattu sur sa tête. J'avais peur de ce que je pouvais découvrir. Cette voix m'était peut-être connue. Je n'eus pas à soulever le capuchon. Il le fit de lui-même. Le visage changeait de couleur et de forme. Des images s'accumulaient les unes sur les autres, composant tantôt le portrait de mon père, tantôt celui de l'oncle que j'avais tué. Soudain m'apparut sur ces visages archaïques l'image du Consul, les yeux ouverts, brillants, rieurs, des yeux clairs, peut-être même bleus. L'homme ne me parlait plus. Il me regardait, me dévisageait. Je dus baisser les yeux. Je me penchai et lui embrassai les mains. Je n'eus pas envie de parler. Je sentis monter en moi toute la chaleur de son corps, une chaleur qui provenait de son regard ouvert, de ses yeux libérés des ténèbres. Cette bouffée de chaleur arrachait par petites touffes mes sourcils, puis mes cils, puis des morceaux de peau du front.

Je sentis une douleur dans le ventre, puis le vide, un vide persistant se faisait en moi. J'avais la tête nue. Les épaules brûlées, les mains immobilisées, et je subissais, à l'insu du reste du monde, comme si nous étions, cet homme et moi, enfermés dans une cage de verre, le temps et ses revers. J'étais une défaite et je marchais seule sur une route dallée de marbre où je risquais de tomber. Je réalisai que j'étais en train de sortir de moi-même, que cette mise en scène devait aboutir à ce départ dans un corps dévasté. J'étais remplie de vieux chiffons, livrée à cette lumière qui devait être belle, mais j'étais sans force, sans sentiment, brûlée de l'intérieur, jetée dans le tourbillon du vide. J'étais entourée de blanc. Je me dis en hésitant un peu : « Alors c'est cela la mort ! Un voyage, pieds nus, sur un marbre froid, et nous sommes enveloppés d'une nappe de vapeur ou de nuages blancs. Ce n'est pas désagréable... Mais où est l'issue, où est la fin ? Je serai éternellement sous cette lumière qui me brûle et ne me donne pas d'ombre ? Alors, ce n'est pas la mort, c'est l'enfer... ! »

Une voix inconnue mais claire me parlait : « Un jour, pas une nuit, les nuits sont de l'autre côté, un jour tu enfanteras un oiseau de proie, il se mettra sur ton épaule et t'indiquera le chemin. Un jour, le soleil descendra un peu plus vers toi. Tu n'auras aucun recours pour lui échapper. Il laissera ton corps intact mais brûlera tout ce qu'il contient. Un jour, la montagne s'ouvrira ; elle t'emportera. Si tu es homme elle te gardera ; si tu es femme, elle t'offrira une parure d'étoiles et t'enverra au pays de l'amour infini... Un jour... Un jour... »

La voix disparut. C'était peut-être ma propre voix qu'on m'avait confisquée. On avait dû me prendre la voix et la laisser errer dans les nuages. Alors toute seule, elle se disait. Je n'arrivais pas à formuler le moindre mot. J'étais privée de voix, mais je l'entendais, loin de moi, venant d'ailleurs traversant d'autres montagnes. Ma voix était libre. Moi, je restais prisonnière.

Mes nuits d'insomnie étaient peuplées de l'image de ces femmes en blanc qui marchaient péniblement dans le sable. Elles se dirigeaient vers un point blanc sur l'horizon. Arriveraient-elles un jour à ce lieu qui n'existe que dans ma folie ? Et même si, par miracle, une main heureuse les dirigeait vers le tombeau d'une sainte, elles se trouveraient en face de l'imposture. Je le sais à présent et ne peux pas le leur dire. De toute façon elles ne me croiraient pas. Je ne suis qu'une criminelle qui doit purger sa peine et qui utilise ces imageries pour tromper l'ennui ! Peut-être ! Mais la souffrance, celle qui fait des trous dans la tête et dans le cœur, celle-là, on ne peut la dire, ni la montrer. Elle est intérieure, enfermée, invisible.

Je n'avais pas besoin de ces nouvelles visions faites de brûlures et de fièvre pour défoncer la porte lourde du destin. J'allais sortir. J'en avais l'intuition, mais je ne voulais pas partir de prison encombrée de toutes ces images qui me harcelaient. Comment m'en défaire ? Comment faire pour les consigner sur les pierres grises de ma cellule ?

Je remis le bandeau noir sur les yeux, me déshabillai et me couchai à même le sol. J'étais toute nue. La dalle de ciment était glacée. Mon corps la réchauffait.

Je grelottais. Je m'étais juré de résister au froid. Il me fallait passer par cette épreuve pour me détacher de ces images. Il fallait rappeler à mon corps et à mes sens le lieu de mon enfermement et que c'était illusoire de s'en échapper par des rêves qui devenaient des cauchemars.

Si l'âme était écorchée, le corps ne pouvait plus mentir. Je m'endormis malgré l'humidité et le froid qui rongeaient ma peau. Ma nuit fut longue et belle. Aucune image ne vint l'interrompre. Le matin je toussais, mais je me sentais mieux.

22

Le Saint

En sortant de prison — j'avais bénéficié d'une réduction de peine —, je pleurais. J'étais heureuse parce que mes yeux étaient baignés de larmes. Cela ne m'était pas arrivé depuis fort longtemps. Mes larmes étaient heureuses parce qu'elles coulaient d'un corps qui renaissait, un corps qui était de nouveau capable d'avoir un sentiment, une émotion. Je pleurais parce que je quittais un monde où j'avais réussi à trouver une place. Je pleurais parce que personne ne m'attendait. J'étais libre. J'étais seule. J'eus une pensée pour le Consul, mais je savais qu'il avait quitté la ville, qu'il était parti loin, là où peut-être il se libérerait de notre histoire.

J'avais une terrible envie de voir la mer, d'en sentir le parfum, d'en voir la couleur, d'en toucher l'écume. Je pris un autocar qui partait vers le Sud. Nous avons roulé toute la nuit. Les gens fumaient et buvaient des limonades. Ils ne me dérangeaient pas. Je restais les yeux ouverts, attendant l'apparition de la mer. Tôt le matin je vis d'abord une brume légère monter de la terre. C'était comme un immense drap au-dessus du sol, un drap ou un champ de neige. Je distinguais des barques et des voiliers. Ils étaient presque suspendus, en tout cas

186

surélevés sur une nappe de brume. Le fond de l'air était blanc et doux. Il y avait comme une innocence dans les choses, une espèce de magie qui les rendait proches et inoffensives. Les objets étaient flous, incertains. C'était peut-être ma vue qui accommodait mal. Le rêve devait prendre ses images dans cette couche blanchâtre traversée par des rayons bleus.

C'était l'automne. Je portais une djellaba d'homme. Sa laine était épaisse et rugueuse. Mes cheveux étaient noués dans un joli foulard de couleurs vives. Je me mis du rouge sur les lèvres et du khôl autour des yeux. Je me regardai dans une petite glace. Mon visage reprenait lentement vie. Il s'illuminait de l'intérieur. J'étais heureuse et légère. Avec ma djellaba de camionneur j'avais l'air étrange et drôle. Les voyageurs mal réveillés me lançaient des regards inquiets. Je leur souriais. Ils baissaient les yeux. Chez nous les hommes ne supportent pas d'être regardés par une femme. Eux, aiment regarder et scruter, mais toujours de biais.

Dans cette ville, la gare routière faisait face à la mer. Il suffisait d'enjamber un petit mur pour se trouver sur le sable. Je marchais lentement le long de la plage déserte. J'avançais dans la brume. Je ne voyais pas plus loin que quelques mètres. En regardant en arrière j'avais l'impression d'être cernée par une ceinture de brume, enveloppée d'un voile blanc qui me séparait du reste du monde. J'étais seule, cloîtrée dans cette solitude heureuse qui précède un grand événement. Je retirai mes babouches. Le sable était humide. Je sentis un petit vent frais venir de loin et me pousser. Je me laissai porter comme une feuille qui s'envole légèrement. Tout d'un coup, une lumière forte, presque insoutenable, descendit du ciel. Ce fut tellement brutal que j'eus la vision d'un ballon suspendu, source de cette lumière. Elle chassa la brume. J'étais comme nue. Plus rien ne m'enveloppait ni ne me protégeait. Juste en face de moi, posée sur l'horizon qui s'était miraculeusement rapproché, une maison toute blanche. Elle était sur un rocher. J'escaladai les pierres et arrivai au sommet. Devant moi, la mer. Derrière moi les sables. La maison était ouverte. Elle n'avait plus de porte. Une seule pièce très spacieuse. Pas de meubles. Le sol était recouvert de nattes usées. Des lampes à pétrole suspendues devaient donner une faible lumière. Dans un coin, des hommes. Certains dormaient, d'autres priaient en silence. De l'autre côté, il y avait des femmes et des enfants. Seule une vieille dame priait. Je m'approchai d'elle et la dévisageai. Elle ne me voyait pas. Elle était absorbée par ses prières. Je m'assis à côté d'elle. Je fis semblant de prier. Je me trompai de geste. Cela attira son attention. Elle ressemblait étrangement à l'Assise. Moins corpulente, elle avait cependant les mêmes gestes, la même façon de s'asseoir. J'arrêtai de prier et me mis à la regarder avec inquiétude. Ses doigts égrenaient un chapelet ; ses lèvres bougeaient à peine. Nos deux regards se croisèrent, puis, après un moment, elle se pencha sur moi et me dit tout en continuant d'égrener son chapelet :

— Enfin, te voilà !

C'était bien elle ! L'Assise ! Sa voix n'avait pas changé. Son visage avait pris quelques rides mais il était devenu plus serein, plus humain.

J'eus un moment de recul, puis, sans réfléchir, je dis :

— Oui, me voilà !

J'étais sous l'emprise de quelque magie. Je m'apprêtai à dire quelque chose, quand elle me saisit le bras :

— Parle à voix basse, tu risques de réveiller le Saint.

Tout devenait clair dans mon esprit. Je pensais qu'entre la vie et la mort il n'y avait qu'une très mince couche faite de brume ou de ténèbres, que le mensonge tissait ses fils entre la réalité et l'apparence, le temps n'étant qu'une illusion de nos angoisses.

Le Saint se leva après tout le monde. Il sortit d'une porte du fond. Tout de blanc vêtu, il était voilé et portait des lunettes noires. Hommes et femmes se pressaient pour lui baiser la main respectueusement. Parfois un homme s'attardait auprès de lui ; il devait lui confier quelque secret à l'oreille. Le Saint hochait la tête, puis le rassurait comme s'il le bénissait.

A mon tour je me levai et me mis dans la file des femmes. Puis, j'eus envie de jouer, je rejoignis la file des hommes. Avec ma djellaba je pouvais passer pour un homme. Quand je fus face au Saint, je m'agenouillai, je pris sa main tendue et, au lieu de la baiser, je la léchai, suçant chacun de ses doigts. Le Saint essaya de la retirer mais je la retenais de mes deux mains. L'homme était troublé. Je me levai et lui dis à l'oreille :

— Cela fait très longtemps qu'un homme ne m'a pas caressé le visage... Allez-y, regardez-moi avec vos doigts, doucement, avec la paume de votre main.

Il se pencha sur moi et me dit :

— Enfin, vous voilà !

DU MÊME AUTEUR

Harrouda
roman
Denoël, 1973, 1977, 1982

La Réclusion solitaire
roman
Denoël, 1976
et « Points », n° P161

Les amandiers sont morts de leurs blessures
poèmes
prix de l'Amitié franco-arabe
Maspero, 1976
et « Points », n° P543

La Mémoire future
Anthologie de la nouvelle poésie du Maroc
Maspero, 1976

La Plus Haute des solitudes
Misère affective et sexuelle
d'émigrés nord-africains
essai
Seuil, 1977
et « Points », n° P377

Moha le fou, Moha le sage
roman
prix des Bibliothécaires de France
et de Radio Monte-Carlo
Seuil, 1978
et « Points », n° P358

À l'insu du souvenir
poèmes
Maspero, 1980

La Prière de l'absent

roman
Seuil, 1981
et « Points », n° P376

L'Écrivain public

récit
Seuil, 1983
et « Points », n° P428

Hospitalité française

Seuil, 1984, 1997
et « Points Actuels, » n° 65

La Fiancée de l'eau

théâtre
suivi de

Entretiens avec M. Saïd Hammadi,
ouvrier algérien

Actes Sud, 1984

L'Enfant de sable

roman
Seuil, 1985
et « Points », n° P7

Jour de silence à Tanger

récit
Seuil, 1990
et « Points », n° P160

Les Yeux baissés

roman
Seuil, 1991
et « Points », n° P359

Alberto Giacometti

illustré
Flohic, 1991

La Remontée des cendres
suivi de
Non identifiés
poèmes
édition bilingue, version arabe de Kadhim Jihad
Seuil, 1991
et « Points », n° P544

L'Ange aveugle
nouvelles
Seuil, 1992
et « Points », n° P64

L'Homme rompu
roman
Seuil, 1994
et « Points », n° P116

Éloge de l'amitié
Arléa, 1994
et réédition suivi de
Ombres de la trahison
« Points », n° P1079

Poésie complète
Seuil, 1995

Le premier amour est toujours le dernier
nouvelles
Seuil, 1995
et « Points », n° P278

Les Raisins de la galère
roman
Fayard, 1996

La Nuit de l'erreur
roman
Seuil, 1997
et « Points », n° P541

Le Racisme expliqué à ma fille
document
Seuil, 1998
et réédition suivi de
La Montée des haines, *2004*

Médinas
Photographies de Jean-Marc Tingaud
Assouline, 1998

L'Auberge des pauvres
roman
Seuil, 1999
et « Points », n° P746

Labyrinthe des sentiments
roman
dessins de Ernest Pignon-Ernest
Stock, 1999
et « Points », n° P822

Cette aveuglante absence de lumière
roman
prix international Impac
Seuil, 2001
et « Points », n° P967

L'Islam expliqué aux enfants
document
Seuil, 2002
et réédition augmentée de
La Montée des haines, 2004

Les Italiens
Photographies de Bruno Barbey
La Martinière, 2002

Amours sorcières
nouvelles
Seuil, 2003
et « Points », n° P1173

Le Dernier Ami
roman
Seuil, 2004
et « Points », n° P1310

La Belle au bois dormant
illustrations de Anne Buguet
Seuil Jeunesse, 2004

Maroc : les montagnes du silence
(en collaboration avec Philippe Lafond)
illustré
Chêne, 2004

Delacroix au Maroc
(avec des textes de Pédro de Alarcon,
Edmondo de Amicis, Pierre Loti)
Ricci, 2005

Partir
roman
Gallimard, 2006
et « Folio », n° 4525

Giacometti ou la Rue d'un seul
suivi de
Retour dans l'atelier fantôme
illustré
Gallimard, 2006

Le Discours du chameau
suivi de
Jénine et autres poèmes
Gallimard, 2007

Les Pierres du temps et autres poèmes
« Points poésie », n° P1709

L'École perdue
(illustrations de Laurent Corvaisier)
Gallimard Jeunesse, « Folio Junior », n° 1442, 2007

Sur ma mère
Gallimard, 2008
et « Folio », 2009

Au pays
Gallimard, 2009

Marabouts, Maroc
(photographies Antonio Cores, Beatriz del Rio Garcia,
dessins Claudio Bravo)
Gallimard, 2009

IMPRESSION : CPI BRODARD ET TAUPIN À LA FLÈCHE
DÉPÔT LÉGAL : JUIN 1995. N° 25583-11 (56884)
IMPRIMÉ EN FRANCE

Collection Points

DERNIERS TITRES PARUS

P1640. Les Voleurs d'écritures *suivi de* Les Tireurs d'étoiles
Azouz Begag
P1641. L'Empreinte des dieux. Le Cycle de Mithra I
Rachel Tanner
P1642. Enchantement, *Orson Scott Card*
P1643. Les Fantômes d'Ombria, *Patricia A. McKillip*
P1644. La Main d'argent. Le Chant d'Albion II
Stephen Lawhead
P1645. La Quête de Nifft-le-mince, *Michael Shea*
P1646. La Forêt d'Iscambe, *Christian Charrière*
P1647. La Mort du Nécromant, *Martha Wells*
P1648. Si la gauche savait, *Michel Rocard*
P1649. Misère de la Ve République, *Bastien François*
P1650. Photographies de personnalités politiques
Raymond Depardon
P1651. Poèmes païens de Alberto Caeiro et Ricardo Reis
Fernando Pessoa
P1652. La Rose de personne, *Paul Celan*
P1653. Caisse claire, poèmes 1990-1997, *Antoine Emaz*
P1654. La Bibliothèque du géographe, *Jon Fasman*
P1655. Parloir, *Christian Giudicelli*
P1656. Poils de Cairote, *Paul Fournel*
P1657. Palimpseste, *Gore Vidal*
P1658. L'Épouse hollandaise, *Eric McCormack*
P1659. Ménage à quatre, *Manuel Vázquez Montalbán*
P1660. Milenio, *Manuel Vázquez Montalbán*
P1661. Le Meilleur de nos fils, *Donna Leon*
P1662. Adios Hemingway, *Leonardo Padura*
P1663. L'avenir c'est du passé, *Lucas Fournier*
P1664. Le Dehors et le Dedans, *Nicolas Bouvier*
P1665. Partition rouge.
Poèmes et chants des Indiens d'Amérique du Nord
Jacques Roubaud, Florence Delay
P1666. Un désir fou de danser, *Elie Wiesel*
P1667. Lenz, *Georg Büchner*

P1668. Resmiranda. Les Descendants de Merlin II
Irene Radford
P1669. Le Glaive de Mithra. Le Cycle de Mithra II
Rachel Tanner
P1670. Phénix vert. Trilogie du Latium I, *Thomas B. Swann*
P1671. Essences et Parfums, *Anny Duperey*
P1672. Naissances, *Collectif*
P1673. L'Évangile une parole invincible, *Guy Gilbert*
P1674. L'Époux divin, *Francisco Goldman*
P1675. La Comtesse de Pimbêche
et autres étymologies curieuses
Pierre Larousse
P1676. Les mots qui me font rire
et autres cocasseries de la langue française
Jean-Loup Chiflet
P1677. Les carottes sont jetées.
Quand les expressions perdent la boule
Olivier Marchon
P1678. Le Retour du professeur de danse, *Henning Mankell*
P1679. Romanzo Criminale, *Giancarlo de Cataldo*
P1680. Ciel de sang, *Steve Hamilton*
P1681. Ultime Témoin, *Jilliane Hoffman*
P1682. Los Angeles, *Peter Moore Smith*
P1683. Encore une journée pourrie
ou 365 bonnes raisons de rester couché, *Pierre Enckell*
P1684. Chroniques de la haine ordinaire 2, *Pierre Desproges*
P1685. Desproges, portrait, *Marie-Ange Guillaume*
P1686. Les Amuse-Bush, *collectif*
P1687. Mon valet et moi, *Hervé Guibert*
P1688. T'es pas mort !, *Antonio Skármeta*
P1689. En la forêt de Longue Attente.
Le roman de Charles d'Orléans, *Hella S. Haasse*
P1690. La Défense Lincoln, *Michael Connelly*
P1691. Flic à Bangkok, *Patrick Delachaux*
P1692. L'Empreinte du renard, *Moussa Konaté*
P1693. Les fleurs meurent aussi, *Lawrence Block*
P1694. L'Ultime Sacrilège, *Jérôme Bellay*
P1695. Engrenages, *Christopher Wakling*
P1696. La Sœur de Mozart, *Rita Charbonnier*
P1697. La Science du baiser, *Patrick Besson*

P1698. La Domination du monde, *Denis Robert*
P1699. Minnie, une affaire classée, *Hans Werner Kettenbach*
P1700. Dans l'ombre du Condor, *Jean-Paul Delfino*
P1701. Le Nœud sans fin. Le Chant d'Albion III
       Stephen Lawhead
P1702. Le Feu primordial, *Martha Wells*
P1703. Le Très Corruptible Mandarin, *Qiu Xiaolong*
P1704. Dexter revient !, *Jeff Lindsay*
P1705. Vous plaisantez, monsieur Tanner, *Jean-Paul Dubois*
P1706. À Garonne, *Philippe Delerm*
P1707. Pieux Mensonges, *Maile Meloy*
P1708. Chercher le vent, *Guillaume Vigneault*
P1709. Les Pierres du temps et autres poèmes, *Tahar Ben Jelloun*
P1710. René Char, *Éric Marty*
P1711. Les Dépossédés
       Robert McLiam Wilson et Donovan Wylie
P1712. Bob Dylan à la croisée des chemins. Like a Rolling Stone
       Greil Marcus
P1713. Comme une chanson dans la nuit
       suivi de Je marche au bras du temps, *Alain Rémond*
P1714. Où les borgnes sont rois, *Jess Walter*
P1715. Un homme dans la poche, *Aurélie Filippetti*
P1716. Prenez soin du chien, *J.M. Erre*
P1717. La Photo, *Marie Desplechin*
P1718. À ta place, *Karine Reysset*
P1719. Je pense à toi tous les jours, *Hélèna Villovitch*
P1720. Si petites devant ta face, *Anne Brochet*
P1721. Ils s'en allaient faire des enfants ailleurs
       Marie-Ange Guillaume
P1722. Le Jugement de Léa, *Laurence Tardieu*
P1723. Tibet or not Tibet, *Péma Dordjé*
P1724. La Malédiction des ancêtres, *Kirk Mitchell*
P1725. Le Tableau de l'apothicaire, *Adrian Mathews*
P1726. Out, *Natsuo Kirino*
P1727. La Faille de Kaïber. Le Cycle des Ombres I
       Mathieu Gaborit
P1728. Griffin. Les Descendants de Merlin III, *Irene Radford*
P1729. Le Peuple de la mer. Le Cycle du Latium II
       Thomas B. Swann
P1730. Sexe, mensonges et Hollywood, *Peter Biskind*

P1731. Qu'avez-vous fait de la révolution sexuelle ?
       Marcela Iacub
P1732. Persée, prince de la lumière. Le Châtiment des dieux III
       François Rachline
P1733. Bleu de Sèvres, *Jean-Paul Desprat*
P1734. Julius et Isaac, *Patrick Besson*
P1735. Une petite légende dorée, *Adrien Goetz*
P1736. Le Silence de Loreleï, *Carolyn Parkhurst*
P1737. Déposition, *Leon Werth*
P1738. La Vie comme à Lausanne, *Erik Orsenna*
P1739. L'Amour, toujours !, *Abbé Pierre*
P1740. Henri ou Henry, *Didier Decoin*
P1741. Mangez-moi, *Agnès Desarthe*
P1742. Mémoires de porc-épic, *Alain Mabanckou*
P1743. Charles, *Jean-Michel Béquié*
P1744. Air conditionné, *Marc Vilrouge*
P1745. L'homme qui apprenait lentement, *Thomas Pynchon*
P1746. Extrêmement fort et incroyablement près
       Jonathan Safran Foer
P1747. La Vie rêvée de Sukhanov, *Olga Grushin*
P1748. Le Retour du Hooligan, *Norman Manea*
P1749. L'Apartheid scolaire, *G. Fellouzis & Cie*
P1750. La Montagne de l'âme, *Gao Xingjian*
P1751. Les Grands Mots du professeur Rollin
       Panacée, ribouldingue et autres mots à sauver
       Le Professeur Rollin
P1752. Dans les bras de Morphée
       Histoire des expressions nées de la mythologie
       Isabelle Korda
P1753. Parlez-vous la langue de bois ?
       Petit traité de manipulation à l'usage des innocents
       Martine Chosson
P1754. Je te retrouverai, *John Irving*
P1755. L'Amant en culottes courtes, *Alain Fleischer*
P1756. Billy the Kid, *Michael Ondaatje*
P1757. Le Fou de Printzberg, *Stéphane Héaume*
P1758. La Paresseuse, *Patrick Besson*
P1759. Bleu blanc vert, *Maïssa Bey*
P1760. L'Été du sureau, *Marie Chaix*
P1761. Chroniques du crime, *Michael Connelly*

P1762. Le croque-mort enfonce le clou
Tim Cockey

P1763. La Ligne de flottaison, *Jean Hatzfeld*

P1764. Le Mas des alouettes, Il était une fois en Arménie
Antonia Arslan

P1765. L'Œuvre des mers, *Eugène Nicole*

P1766. Les Cendres de la colère. Le Cycle des Ombres II
Mathieu Gaborit

P1767. La Dame des abeilles. Le Cycle du latium III
Thomas B. Swann

P1768. L'Ennemi intime, *Patrick Rotman*

P1769. Nos enfants nous haïront
Denis Jeambar & Jacqueline Remy

P1770. Ma guerre contre la guerre au terrorisme
Terry Jones

P1771. Quand Al-Qaïda parle, *Farhad Khosrokhavar*

P1772. Les Armes secrètes de la CIA, *Gordon Thomas*

P1773. Asphodèle, *suivi de* Tableaux d'après Bruegel
William Carlos Williams

P1774. Poésie espagnole 1945-1990 (anthologie)
Claude de Frayssinet

P1775. Mensonges sur le divan, *Irvin D. Yalom*

P1776. Le Sortilège de la dague. Le Cycle de Deverry I
Katharine Kerr

P1777. La Tour de guet *suivi des* Danseurs d'Arun.
Les Chroniques de Tornor I, *Elisabeth Lynn*

P1778. La Fille du Nord, Les Chroniques de Tornor II
Elisabeth Lynn

P1779. L'Amour humain, *Andreï Makine*

P1780. Viol, une histoire d'amour, *Joyce Carol Oates*

P1781. La Vengeance de David, *Hans Werner Kettenbach*

P1782. Le Club des conspirateurs
Jonathan Kellerman

P1783. Sanglants Trophées, *C.J. Box*

P1784. Une ordure, *Irvine Welsh*

P1785. Owen Noone et Marauder, *Douglas Cowie*

P1786. L'Autre Vie de Brian, *Graham Parker*

P1787. Triksta, *Nick Cohn*

P1788. Une histoire politique du journalisme
Géraldine Muhlmann

P1789. Les Faiseurs de pluie.
L'histoire et l'impact futur du changement climatique
Tim Flannery
P1790. La Plus Belle Histoire de l'amour, *Dominique Simonnet*
P1791. Poèmes et proses, *Gerard Manley Hopkins*
P1792. Lieu-dit l'éternité, poèmes choisis, *Emily Dickinson*
P1793. La Couleur bleue, *Jörg Kastner*
P1794. Le Secret de l'imam bleu, *Bernard Besson*
P1795. Tant que les arbres s'enracineront
dans la terre et autres poèmes, *Alain Mabanckou*
P1796. Cité de Dieu, *E.L. Doctorow*
P1797. Le Script, *Rick Moody*
P1798. Raga, approche du continent invisible, *J.M.G. Le Clézio*
P1799. Katerina, *Aharon Appelfeld*
P1800. Une opérette à Ravensbrück, *Germaine Tillion*
P1801. Une presse sans Gutenberg.
Pourquoi Internet a révolutionné le journalisme
Bruno Patino et Jean-François Fogel
P1802. Arabesques. L'aventure de la langue en Occident
Henriette Walter et Bassam Baraké
P1803. L'Art de la ponctuation. Le point, la virgule
et autres signes fort utiles
Olivier Houdart et Sylvie Prioul
P1804. À mots découverts. Chroniques au fil de l'actualité
Alain Rey
P1805. L'Amante du pharaon, *Naguib Mahfouz*
P1806. Contes de la rose pourpre, *Michel Faber*
P1807. La Lucidité, *José Saramago*
P1808. Fleurs de Chine, *Wei-Wei*
P1809. L'Homme ralenti, *J.M. Coetzee*
P1810. Rêveurs et Nageurs, *Denis Grozdanovitch*
P1811. - 30°, *Donald Harstad*
P1812. Le Second Empire. Les Monarchies divines IV
Paul Kearney
P1813. Été machine, *John Crowley*
P1814. Ils sont votre épouvante, et vous êtes leur crainte
Thierry Jonquet
P1815. Paperboy, *Pete Dexter*
P1816. Bad City blues, *Tim Willocks*
P1817. Le Vautour, *Gil Scott Heron*

P1818. La Peur des bêtes, *Enrique Serna*
P1819. Accessible à certaine mélancolie, *Patrick Besson*
P1820. Le Diable de Milan, *Martin Suter*
P1821. Funny Money, *James Swain*
P1822. J'ai tué Kennedy ou les mémoires d'un garde du corps
       Manuel Vázquez Montalbán
P1823. Assassinat à Prado del Rey et autres histoires sordides
       Manuel Vázquez Montalbán
P1824. Laissez entrer les idiots. Témoignage d'un autiste
       Kamran Nazeer
P1825. Patients si vous saviez, *Christian Lehmann*
P1826. La Société cancérigène
       Geneviève Barbier et Armand Farrachi
P1827. La Mort dans le sang, *Joshua Spanogle*
P1828. Une âme de trop, *Brigitte Aubert*
P1829. Non, ce pays n'est pas pour le vieil homme
       Cormac McCarthy
P1830. La Psy, *Jonathan Kellerman*
P1831. La Voix, *Arnaldur Indridason*
P1832. Les Nouvelles Enquêtes du juge Ti, vol. 4
       Petits meurtres entre moines, *Frédéric Lenormand*
P1833. Les Nouvelles Enquêtes du juge Ti, vol. 5
       Madame Ti mène l'enquête, *Frédéric Lenormand*
P1834. La Mémoire courte, *Louis-Ferdinand Despreez*
P1835. Les Morts du Karst, *Veit Heinichen*
P1836. Un doux parfum de mort, *Guillermo Arriaga*
P1837. Bienvenue en enfer, *Clarence L. Cooper*
P1838. Le Roi des fourmis, *Charles Higson*
P1839. La Dernière Arme, *Philip Le Roy*
P1840. Désaxé, *Marcus Sakey*
P1841. Opération Vautour, *Stephen W. Frey*
P1842. Éloge du gaucher, *Jean-Paul Dubois*
P1843. Le Livre d'un homme seul, *Gao Xingjian*
P1844. La Glace, *Vladimir Sorokine*
P1845. Je voudrais tant revenir, *Yves Simon*
P1846. Au cœur de ce pays, *J.M. Coetzee*
P1847. La Main blessée, *Patrick Grainville*
P1848. Promenades anglaises, *Christine Jordis*
P1849. Scandale et folies.
       Neuf récits du monde où nous sommes, *Gérard Mordillat*

P1850. Un mouton dans la baignoire, *Azouz Begag*
P1851. Rescapée, *Fiona Kidman*
P1852. Le Sortilège de l'ombre. Le Cycle de Deverry II
Katharine Kerr
P1853. Comment aiment les femmes. Du désir et des hommes
Maryse Vaillant
P1854. Courrier du corps. Nouvelles voies de l'anti-gymnastique
Thérèse Bertherat
P1855. Restez zen. La méthode du chat, *Henri Brunel*
P1856. Le Jardin de ciment, *Ian McEwan*
P1857. L'Obsédé (L'Amateur), *John Fowles*
P1858. Moustiques, *William Faulkner*
P1859. Givre et Sang, *John Cowper Powys*
P1860. Le Bon Vieux et la Belle Enfant, *Italo Svevo*
P1861. Le Mystère Tex Avery, *Robert Benayoun*
P1862. La Vie aux aguets, *William Boyd*
P1863. L'amour est une chose étrange, *Joseph Connolly*
P1864. Mossad, les nouveaux défis, *Gordon Thomas*
P1865. 1968, Une année autour du monde, *Raymond Depardon*
P1866. Les Maoïstes, *Christophe Bourseiller*
P1867. Floraison sauvage, *Aharon Appelfeld*
P1868. Et il y eut un matin, *Sayed Kashua*
P1869. 1 000 mots d'esprit, *Claude Gagnière*
P1870. Le Petit Grozda. Les merveilles oubliées du Littré
Denis Grozdanovitch
P1871. Romancero gitan, *Federico García Lorca*
P1872. La Vitesse foudroyante du passé, *Raymond Carver*
P1873. Ferrements et autres poèmes, *Aimé Césaire*
P1874. La force qui nous manque, *Eva Joly*
P1875. Les Enfants des morts, *Elfriede Jelinek*
P1876. À poèmes ouverts, *Anthologie Printemps des poètes*
P1877. Le Peintre de batailles, *Arturo Pérez-Reverte*
P1878. La Fille du Cannibale, *Rosa Montero*
P1879. Blue Angel, *Francine Prose*
P1880. L'Armée du salut, *Abdellah Taïa*
P1881. Grille de parole, *Paul Celan*
P1882. Nouveaux poèmes *suivis de* Requiem, *Rainer Maria Rilke*
P1883. Dissimulation de preuves, *Donna Leon*
P1884. Une erreur judiciaire, *Anne Holt*
P1885. Honteuse, *Karin Alvtegen*

P1886. La Mort du privé, *Michael Koryta*
P1887. Tea-Bag, *Henning Mankell*
P1888. Le Royaume des ombres, *Alan Furst*
P1889. Fenêtres de Manhattan, *Antonio Muñoz Molina*
P1890. Tu chercheras mon visage, *John Updike*
P1891. Fonds de tiroir, *Pierre Desproges*
P1892. Desproges est vivant, *Pierre Desproges*
P1893. Les Vaisseaux de l'ouest. Les Monarchies divines V
       Paul Kearney
P1894. Le Quadrille des assassins. La Trilogie Morgenstern I
       Hervé Jubert
P1895. Un tango du diable. La Trilogie Morgenstern II
       Hervé Jubert
P1896. La Ligue des héros. Le Cycle de Kraven I
       Xavier Mauméjean
P1897. Train perdu, wagon mort, *Jean-Bernard Pouy*
P1898. Cantique des gisants, *Laurent Martin*
P1899. La Nuit de l'abîme, *Juris Jurjevics*
P1900. Tango, *Elsa Osorio*
P1901. Julien, *Gore Vidal*
P1902. La Belle Vie, *Jay McInerney*
P1903. La Baïne, *Eric Holder*
P1904. Livre des chroniques III, *António Lobo Antunes*
P1905. Ce que je sais (Mémoires 1), *Charles Pasqua*
P1906. La Moitié de l'âme, *Carme Riera*
P1907. Drama City, *George P. Pelecanos*
P1908. Le Marin de Dublin, *Hugo Hamilton*
P1909. La Mère des chagrins, *Richard McCann*
P1910. Des louves, *Fabienne Jacob*
P1911. La Maîtresse en maillot de bain. Quatre récits d'enfance
       Yasmina Khadra, Paul Fournel,
       Dominique Sylvain et Marc Villard
P1912. Un si gentil petit garçon, *Jean-Loup Chiflet*
P1913. Saveurs assassines. Les enquêtes de Miss Lalli
       Kalpana Swaminathan
P1914. La Quatrième Plaie, *Patrick Bard*
P1915. Mon sang retombera sur vous, *Aldo Moro*
P1916. On ne naît pas Noir, on le devient
       Jean-Louis Sagot-Duvauroux
P1917. La Religieuse de Madrigal, *Michel del Castillo*

P1918. Les Princes de Francalanza, *Federico de Roberto*
P1919. Le Conte du ventriloque, *Pauline Melville*
P1920. Nouvelles chroniques au fil de l'actualité.
Encore des mots à découvrir, *Alain Rey*
P1921. Le mot qui fait mouche. Dictionnaire amusant
et instructif des phrases les plus célèbres de l'histoire
Gilles Henry
P1922. Les Pierres sauvages, *Fernand Pouillon*
P1923. Ce monde est mon partage et celui du démon
Dylan Thomas
P1924. Bright Lights, Big City, *Jay McInerney*
P1925. À la merci d'un courant violent, *Henry Roth*
P1926. Un rocher sur l'Hudson, *Henry Roth*
P1927. L'amour fait mal, *William Boyd*
P1928. Anthologie de poésie érotique, *Jean-Paul Goujon (dir.)*
P1929. Hommes entre eux, *Jean-Paul Dubois*
P1930. Ouest, *François Vallejo*
P1931. La Vie secrète de E. Robert Pendleton
Michael Collins
P1932. Dara, *Patrick Besson*
P1933. Le Livre pour enfants, *Christophe Honoré*
P1934. La Méthode Schopenhauer, *Irvin D. Yalom*
P1935. Echo Park, *Michael Connelly*
P1936. Les Rescapés du Styx, *Jane Urquhart*
P1937. L'Immense Obscurité de la mort, *Massimo Carlotto*
P1938. Hackman blues, *Ken Bruen*
P1939. De soie et de sang, *Qiu Xiaolong*
P1940. Les Thermes, *Manuel Vázquez Montalbán*
P1941. Femme qui tombe du ciel, *Kirk Mitchell*
P1942. Passé parfait, *Leonardo Padura*
P1943. Contes barbares, *Craig Russell*
P1944. La Mort à nu, *Simon Beckett*
P1945. La Nuit de l'infamie, *Michael Cox*
P1946. Les Dames de nage, *Bernard Giraudeau*
P1947. Les Aventures de Minette Accentiévitch
Vladan Matijeviç
P1948. Jours de juin, *Julia Glass*
P1949. Les Petits Hommes verts, *Christopher Buckley*
P1950. Dictionnaire des destins brisés du rock
Bruno de Stabenrath

P1951. L'Ère des dragons. Le Cycle de Kraven II
       Xavier Mauméjean
P1952. Sabbat Samba. La Trilogie Morgenstern III
       Hervé Jubert
P1953. Pour le meilleur et pour l'empire, *James Hawes*
P1954. Doctor Mukti, *Will Self*
P1955. Comme un père, *Laurence Tardieu*
P1956. Sa petite chérie, *Colombe Schneck*
P1957. Tigres et Tigresses. Histoire intime des couples
       présidentiels sous la Vᵉ République, *Christine Clerc*
P1958. Le Nouvel Hollywood, *Peter Biskind*
P1959. Le Tueur en pantoufles, *Frédéric Dard*
P1960. On demande un cadavre, *Frédéric Dard*
P1961. La Grande Friture, *Frédéric Dard*
P1962. Carnets de naufrage, *Guillaume Vigneault*
P1963. Jack l'éventreur démasqué, *Sophie Herfort*
P1964. Chicago banlieue sud, *Sara Paretsky*
P1965. L'Illusion du péché, *Alexandra Marinina*
P1966. Viscéral, *Rachid Djaïdani*
P1967. La Petite Arabe, *Alicia Erian*
P1968. Pampa, *Pierre Kalfon*
P1969. Les Cathares. Brève histoire d'un mythe vivant
       Henri Gougaud
P1970. Le Garçon et la Mer, *Kirsty Gunn*
P1971. L'Heure verte, *Frederic Tuten*
P1972. Le Chant des sables, *Brigitte Aubert*
P1973. La Statue du commandeur, *Patrick Besson*
P1974. Mais qui est cette personne allongée
       dans le lit à côté de moi ?, *Alec Steiner*
P1975. À l'abri de rien, *Olivier Adam*
P1976. Le Cimetière des poupées, *Mazarine Pingeot*
P1977. Le Dernier Frère, *Natacha Appanah*
P1978. La Robe, *Robert Alexis*
P1979. Le Goût de la mère, *Edward St Aubyn*
P1980. Arlington Park, *Rachel Cusk*
P1981. Un acte d'amour, *James Meek*
P1982. Karoo boy, *Troy Blacklaws*
P1983. Toutes ces vies qu'on abandonne, *Virginie Ollagnier*
P1984. Un peu d'espoir. La trilogie Patrick Melrose
       Edward St Aubyn

P1985. Ces femmes qui nous gouvernent, *Christine Ockrent*
P1986. Shakespeare, la biographie, *Peter Ackroyd*
P1987. La Double Vie de Virginia Woolf
       Geneviève Brisac, Agnès Desarthe
P1988. Double Homicide, *Faye et Jonathan Kellerman*
P1989. La Couleur du deuil, *Ravi Shankar Etteth*
P1990. Le Mur du silence, *Hakan Nesser*
P1991. Mason & Dixon, *Thomas Pynchon*
P1992. Allumer le chat, *Barbara Constantine*
P1993. La Stratégie des antilopes, *Jean Hatzfeld*
P1994. Mauricio ou les Élections sentimentales
       Eduardo Mendoza
P1995. La Zone d'inconfort. Une histoire personnelle
       Jonathan Franzen
P1996. Un goût de rouille et d'os, *Craig Davidson*
P1997. La Porte des larmes. Retour vers l'Abyssinie
       Jean-Claude Guillebaud, Raymond Depardon
P1998. Le Baiser d'Isabelle.
       L'aventure de la première greffe du visage
       Noëlle Châtelet
P1999. Poésies libres, *Guillaume Apollinaire*
P2000. Ma grand-mère avait les mêmes.
       Les dessous affriolants des petites phrases
       Philippe Delerm
P2001. Le Français dans tous les sens, *Henriette Walter*
P2002. Bonobo, gazelle & Cie, *Henriette Walter*, *Pierre Avenas*
P2003. Noir corbeau, *Joel Rose*
P2004. Coupable, *Davis Hosp*
P2005. Une canne à pêche pour mon grand-père, *Gao Xingjian*
P2006. Le Clocher de Kaliazine. Études et miniatures
       Alexandre Soljenitsyne
P2007. Rêveurs, *Knut Hamsun*
P2008. Pelures d'oignon, *Günter Grass*
P2009. De l'aube au crépuscule, *Rabindranath Tagore*
P2010. Les Sept Solitudes de Lorsa Lopez, *Sony Labou Tansi*
P2011. La Première Femme, *Nedim Gürsel*
P2012. Le Tour du monde en 14 jours, 7 escales, 1 visa
       Raymond Depardon
P2013. L'Aïeul, *Aris Fakinos*
P2014. Les Exagérés, *Jean-François Vilar*

P2015. Le Pic du Diable, *Deon Meyer*
P2016. Le Temps de la sorcière, *Arni Thorarinsson*
P2017. Écrivain en 10 leçons, *Philippe Ségur*
P2018. L'Assassinat de Jesse James par le lâche Robert Ford
       Ron Hansen
P2019. Tu crois que c'est à moi de rappeler ?
       Transports parisiens 2, *Alec Steiner*
P2020. À la recherche de Klingsor, *Jorge Volpi*
P2021. Une saison ardente, *Richard Ford*
P2022. Un sport et un passe-temps, *James Salter*
P2023. Eux, *Joyce Carol Oates*
P2024. Mère disparue, *Joyce Carol Oates*
P2025. La Mélopée de l'ail paradisiaque, *Mo Yan*
P2026. Un bonheur parfait, *James Salter*
P2027. Le Blues du tueur à gages, *Lawrence Block*
P2028. Le Chant de la mission, *John le Carré*
P2029. L'Ombre de l'oiseau-lyre, *Andres Ibañez*
P2030. Les Arnaqueurs aussi, *Laurent Chalumeau*
P2031. Hello Goodbye, *Moshé Gaash*
P2032. Le Sable et l'Écume et autres poèmes, *Khalil Gibran*
P2033. La Rose et autres poèmes, *William Butler Yeats*
P2034. La Méridienne, *Denis Guedj*
P2035. Une vie avec Karol, *Stanislao Dziwisz*
P2036. Les Expressions de nos grands-mères, *Marianne Tillier*
P2037. Sky my husband ! The integrale / Ciel mon mari !
       L'intégrale, Dictionary of running english /
       Dictionnaire de l'anglais courant, *Jean-Loup Chiflet*
P2038. Dynamite Road, *Andrew Klavan*
P2039. Classe à part, *Joanne Harris*
P2040. La Dame de cœur, *Carmen Posadas*
P2041. Ultimatum (En retard pour la guerre), *Valérie Zénatti*
P2042. 5 octobre, 23 h 33, *Donald Harstad*
P2043. La Griffe du chien, *Don Wislow*
P2044. Les Nouvelles Enquêtes du juge Ti, vol. 6
       Mort d'un cuisinier chinois, *Frédéric Lenormand*
P2045. Divisadero, *Michael Ondaatje*
P2046. L'Arbre du dieu pendu, *Alejandro Jodorowsky*
P2047. Découpé en tranches, *Zep*
P2048. La Pension Eva, *Andrea Camilleri*
P2049. Le Cousin de Fragonard, *Patrick Roegiers*

P2050. Pimp, *Iceberg Slim*
P2051. Graine de violence, *Evan Hunter (alias Ed McBain)*
P2052. Les Rêves de mon père. Un héritage en noir et blanc
       Barack Obama
P2053. Le Centaure, *John Updike*
P2054. Jusque-là tout allait bien en Amérique.
       Chroniques de la vie américaine 2, *Jean-Paul Dubois*
P2055. Les juins ont tous la même peau. Rapport sur Boris Vian
       Chloé Delaume
P2056. De sang et d'ébène, *Donna Leon*
P2057. Passage du Désir, *Dominique Sylvain*
P2058. L'Absence de l'ogre, *Dominique Sylvain*
P2059. Le Labyrinthe grec, *Manuel Vázquez Montalbán*
P2060. Vents de carême, *Leonardo Padura*
P2061. Cela n'arrive jamais, *Anne Holt*
P2062. Un sur deux, *Steve Mosby*
P2063. Monstrueux, *Natsuo Kirino*
P2064. Reflets de sang, *Brigitte Aubert*
P2065. Commis d'office, *Hannelore Cayre*
P2066. American Gangster, *Max Allan Collins*
P2067. Le Cadavre dans la voiture rouge
       Ólafur Haukur Símonarson
P2068. Profondeurs, *Henning Mankell*
P2069. Néfertiti dans un champ de canne à sucre
       Philippe Jaenada
P2070. Les Brutes, *Philippe Jaenada*
P2071. Milagrosa, *Mercedes Deambrosis*
P2072. Lettre à Jimmy, *Alain Mabanckou*
P2073. Volupté singulière, *A.L. Kennedy*
P2074. Poèmes d'amour de l'Andalousie à la mer Rouge.
       Poésie amoureuse hébraïque, *Anthologie*
P2075. Quand j'écris je t'aime
       suivi de Le Prolifique et Le Dévoreur
       W.H. Auden
P2076. Comment éviter l'amour et le mariage
       Dan Greenburg, Suzanne O'Malley
P2077. Le Fouet, *Martine Rofinella*
P2078. Cons, *Juan Manuel Prada*
P2079. Légendes de Catherine M., *Jacques Henric*
P2080. Le Beau Sexe des hommes, *Florence Ehnuel*

P2081. G., *John Berger*
P2082. Sombre comme la tombe où repose mon ami
       Malcolm Lowry
P2083. Le Pressentiment, *Emmanuel Bove*
P2084. L'Art du roman, *Virginia Woolf*
P2085. Le Clos Lothar, *Stéphane Héaume*
P2086. Mémoires de nègre, *Abdelkader Djemaï*
P2087. Le Passé, *Alan Pauls*
P2088. Bonsoir les choses d'ici-bas, *António Lobo Antunes*
P2089. Les Intermittences de la mort, *José Saramago*
P2090. Même le mal se fait bien, *Michel Folco*
P2091. Samba Triste, *Jean-Paul Delfino*
P2092. La Baie d'Alger, *Louis Gardel*
P2093. Retour au noir, *Patrick Raynal*
P2094. L'Escadron Guillotine, *Guillermo Arriaga*
P2095. Le Temps des cendres, *Jorge Volpi*
P2096. Frida Khalo par Frida Khalo. Lettres 1922-1954
       Frida Khalo
P2097. Anthologie de la poésie mexicaine, *Claude Beausoleil*
P2098. Les Yeux du dragon, petits poèmes chinois, *Anthologie*
P2099. Seul dans la splendeur, *John Keats*
P2100. Beaux Présents, Belles Absentes, *Georges Perec*
P2101. Les Plus Belles Lettres du professeur Rollin.
       Ou comment écrire au roi d'Espagne
       pour lui demander la recette du gaspacho
       François Rollin
P2102. Répertoire des délicatesses du français contemporain
       Renaud Camus
P2103. Un lien étroit, *Christine Jordis*
P2104. Les Pays lointains, *Julien Green*
P2105. L'Amérique m'inquiète.
       Chroniques de la vie américaine 1
       Jean-Paul Dubois
P2106. Moi je viens d'où ? *suivi de* C'est quoi l'intelligence ?
       et de E = CM2, *Albert Jacquard, Marie-José Auderset*
P2107. Moi et les autres, initiation à la génétique
       Albert Jacquard
P2108. Quand est-ce qu'on arrive ?, *Howard Buten*
P2109. Tendre est la mer, *Philip Plisson, Yann Queffélec*
P2110. Tabarly, *Yann Queffélec*

P2111. Les Hommes à terre, *Bernard Giraudeau*
P2112. Le Phare appelle à lui la tempête et autres poèmes
       Malcolm Lowry
P2113. L'Invention des Désirades et autres poèmes
       Daniel Maximin
P2114. Antartida, *Francisco Coloane*
P2115. Brefs Aperçus sur l'éternel féminin, *Denis Grozdanovitch*
P2116. Le Vol de la mésange, *François Maspero*
P2117. Tordu, *Jonathan Kellerman*
P2118. Flic à Hollywood, *Joseph Wambaugh*
P2119. Ténébreuses, *Karin Alvtegen*
P2120. La Chanson du jardinier. Les enquêtes de Miss Lalli
       Kalpana Swaminathan
P2121. Portrait de l'écrivain en animal domestique
       Lydie Salvayre
P2122. In memoriam, *Linda Lê*
P2123. Les Rois écarlates, *Tim Willocks*
P2124. Arrivederci amore, *Massimo Carlotto*
P2125. Les Carnets de monsieur Manatane
       Benoît Poelvoorde, Pascal Lebrun
P2126. Guillon aggrave son cas, *Stéphane Guillon*
P2127. Le Manuel du parfait petit masochiste
       Dan Greenburg, Marcia Jacobs
P2128. Shakespeare et moi, *Woody Allen*
P2129. Pour en finir une bonne fois pour toutes avec la culture
       Woody Allen
P2130. Porno, *Irvine Welsh*
P2131. Jubilee, *Margaret Walker*
P2132. Michael Tolliver est vivant, *Armistead Maupin*
P2133. Le Saule, *Hubert Selby Jr*
P2134. Les Européens, *Henry James*
P2135. Comédie new-yorkaise, *David Schickler*
P2136. Professeur d'abstinence, *Tom Perrotta*
P2137. Haut vol : histoire d'amour, *Peter Carey*
P2139. La Danseuse de Mao, *Qiu Xiaolong*
P2140. L'Homme délaissé, *C.J. Box*
P2141. Les Jardins de la mort, *George P. Pelecanos*
P2142. Avril rouge, *Santiago Roncagliolo*
P2143. Ma mère, *Richard Ford*
P2144. Comme une mère, *Karine Reysset*

P2145. Titus d'Enfer. La Trilogie de Gormenghast, 1
Mervyn Peake
P2146. Gormenghast. La Trilogie de Gormenghast, 2
Mervyn Peake
P2147. Au monde.
Ce qu'accoucher veut dire : une sage-femme raconte…
Chantal Birman
P2148. Du plaisir à la dépendance.
Nouvelles thérapies, nouvelles addictions
Michel Lejoyeux
P2149. Carnets d'une longue marche.
Nouvelle marche d'Istanbul à Xi'an
Bernard Ollivier, François Dermaut
P2150. Treize Lunes, *Charles Frazier*
P2151. L'Amour du français.
Contre les puristes et autres censeurs de la langue
Alain Rey
P2152. Le Bout du rouleau, *Richard Ford*
P2153. Belle-sœur, *Patrick Besson*
P2154. Après, Fred Chichin est mort, *Pascale Clark*
P2155. La Leçon du maître et autres nouvelles, *Henry James*
P2156. La Route, *Cormac McCarthy*
P2157. À genoux, *Michael Connelly*
P2158. Baka !, *Dominique Sylvain*
P2159. Toujours L.A., *Bruce Wagner*
P2160. C'est la vie, *Ron Hansen*
P2161. Groom, *François Vallejo*
P2162. Les Démons de Dexter, *Jeff Lindsay*
P2163. Journal 1942-1944, *Hélène Berr*
P2164. Journal 1942-1944 (édition scolaire), *Hélène Berr*
P2165. Pura vida. Vie et Mort de William Walker
Patrick Deville
P2166. Terroriste, *John Updike*
P2167. Le Chien de Dieu, *Patrick Bard*
P2168. La Trace, *Richard Collasse*
P2169. L'Homme du lac, *Arnaldur Indridason*
P2170. Et que justice soit faite, *Michael Koryta*
P2171. Le Dernier des Weynfeldt, *Martin Suter*
P2172. Le Noir qui marche à pied, *Louis-Ferdinand Despreez*
P2173. Abysses, *Frank Schätzing*

P2174. L'Audace d'espérer. Un nouveau rêve américain
       Barack Obama
P2175. Une Mercedes blanche avec des ailerons, *James Hawes*
P2176. La Fin des mystères, *Scarlett Thomas*
P2177. La Mémoire neuve, *Jérôme Lambert*
P2178. Méli-vélo. Abécédaire amoureux du vélo, *Paul Fournel*
P2179. Le Prince des braqueurs, *Chuck Hogan*
P2180. Corsaires du Levant, *Arturo Pérez-Reverte*
P2181. Mort sur liste d'attente, *Veit Heinichen*
P2182. Héros et Tombes, *Ernesto Sabato*
P2183. Teresa l'après-midi, *Juan Marsé*
P2184. Titus errant. La Trilogie de Gormenghast, 3
       Mervyn Peake
P2185. Julie & Julia. Sexe, blog et bœuf bourguignon
       Julie Powell
P2186. Le Violon d'Hitler, *Igal Shamir*
P2187. La mère qui voulait être femme, *Maryse Wolinski*
P2188. Le Maître d'amour, *Maryse Wolinski*
P2189. Les Oiseaux de Bangkok, *Manuel Vázquez Montalbán*
P2190. Intérieur Sud, *Bertrand Visage*
P2191. L'homme qui voulait voir Mahona, *Henri Gougaud*
P2192. Écorces de sang, *Tana French*
P2193. Café Lovely, *Rattawut Lapcharoensap*
P2194. Vous ne me connaissez pas, *Joyce Carol Oates*
P2195. La Fortune de l'homme et autres nouvelles, *Anne Brochet*
P2196. L'Été le plus chaud, *Zsuzsa Bánk*
P2197. Ce que je sais… Un magnifique désastre 1988-1995.
       Mémoires 2, *Charles Pasqua*
P2198. Ambre, vol. 1, *Kathleen Winsor*
P2199. Ambre, vol. 2, *Kathleen Winsor*
P2200. Mauvaises Nouvelles des étoiles, *Serge Gainsbourg*
P2201. Jour de souffrance, *Catherine Millet*
P2202. Le Marché des amants, *Christine Angot*
P2203. L'État des lieux, *Richard Ford*
P2204. Le Roi de Kahel, *Tierno Monénembo*
P2205. Fugitives, *Alice Munro*
P2206. La Beauté du monde, *Michel Le Bris*
P2207. La Traversée du Mozambique par temps calme
       Patrice Pluyette
P2208. Ailleurs, *Julia Leigh*

P2209. Un diamant brut, *Yvette Szczupak-Thomas*
P2210. Trans, *Pavel Hak*
P2211. Peut-être une histoire d'amour, *Martin Page*
P2212. Peuls, *Tierno Monénembo*
P2214. Le Cas Sonderberg, *Elie Wiesel*
P2215. Fureur assassine, *Jonathan Kellerman*
P2216. Misterioso, *Arne Dahl*
P2217. Shotgun Alley, *Andrew Klavan*
P2218. Déjanté, *Hugo Hamilton*
P2219. La Récup, *Jean-Bernard Pouy*
P2221. Les Accommodements raisonnables, *Jean-Paul Dubois*
P2222. Les Confessions de Max Tivoli, *Andrew Sean Greer*
P2223. Le pays qui vient de loin, *André Bucher*
P2224. Le Supplice du santal, *Mo Yan*
P2225. La Véranda, *Robert Alexis*
P2226. Je ne sais rien… mais je dirai (presque) tout
Yves Bertrand
P2227. Un homme très recherché, *John le Carré*
P2228. Le Correspondant étranger, *Alan Furst*
P2229. Brandebourg, *Henry Porter*
P2230. J'ai vécu 1 000 ans, *Mariolina Venezia*
P2231. La Conquistadora, *Eduardo Manet*
P2232. La Sagesse des fous, *Einar Karason*
P2233. Un chasseur de lions, *Olivier Rolin*
P2234. Poésie des troubadours. Anthologie
Henri Gougaud (dir.)
P2235. Chacun vient avec son silence. Anthologie
Jean Cayrol
P2236. Badenheim 1939, *Aharon Appelfeld*
P2237. Le Goût sucré des pommes sauvages, *Wallace Stegner*
P2238. Un mot pour un autre, *Rémi Bertrand*
P2239. Le Bêtisier de la langue française, *Claude Gagnière*
P2240. Esclavage et Colonies, *G. J. Danton et L. P. Dufay,
L. Sédar Senghor, C. Taubira*
P2241. Race et Nation, *M. L. King, E. Renan*
P2242. Face à la crise, *B. Obama, F. D. Roosevelt*
P2243. Face à la guerre, *W. Churchill, général de Gaulle*
P2244. La Non-Violence, *Mahatma Gandhi, Dalaï Lama*
P2245. La Peine de mort, *R. Badinter, M. Barrès*
P2246. Avortement et Contraception, *S. Veil, L. Neuwirth*

P2247. Les Casseurs et l'Insécurité
F. Mitterrand et M. Rocard, N. Sarkozy

P2248. La Mère de ma mère, *Vanessa Schneider*

P2249. De la vie dans son art, de l'art dans sa vie
Anny Duperey et Nina Vidrovitch

P2250. Desproges en petits morceaux. Les meilleures citations
Pierre Desproges

P2251. Dexter I, II, III, *Jeff Lindsay*

P2252. God's pocket, *Pete Dexter*

P2253. En effeuillant Baudelaire, *Ken Bruen*

P2254. Meurtres en bleu marine, *C.J. Box*

P2255. Le Dresseur d'insectes, *Arni Thorarinsson*

P2256. La Saison des massacres, *Giancarlo de Cataldo*

P2257. Évitez le divan
Petit guide à l'usage de ceux qui tiennent à leurs symptômes
Philippe Grimbert

P2258. La Chambre de Mariana, *Aharon Appelfeld*

P2259. La Montagne en sucre, *Wallace Stegner*

P2260. Un jour de colère, *Arturo Pérez-Reverte*

P2261. Le Roi transparent, *Rosa Montero*

P2262. Le Syndrome d'Ulysse, *Santiago Gamboa*

P2263. Catholique anonyme, *Thierry Bizot*

P2264. Le Jour et l'Heure, *Guy Bedos*

P2265. Le Parlement des fées
I. L'Orée des bois, *John Crowley*

P2266. Le Parlement des fées
II. L'Art de la mémoire, *John Crowley*

P2267. Best-of Sarko, *Plantu*

P2268. 99 Mots et Expressions à foutre à la poubelle
Jean-Loup Chiflet

P2269. Le Baleinié. Dictionnaire des tracas
*Christine Murillo, Jean-Claude Leguay,
Grégoire Œstermann*

P2270. Couverture dangereuse, *Philippe Le Roy*

P2271. Quatre Jours avant Noël, *Donald Harstad*

P2272. Petite Bombe noire, *Christopher Brookmyre*

P2273. Journal d'une année noire, *J.M. Coetzee*

P2274. Faites vous-même votre malheur, *Paul Watzlawick*

P2275. Paysans, *Raymond Depardon*

P2276. Homicide special, *Miles Corwin*

P2277. Mort d'un Chinois à La Havane, *Leonardo Padura*
P2278. Le Radeau de pierre, *José Saramago*
P2279. Contre-jour, *Thomas Pynchon*
P2280. Trick Baby, *Iceberg Slim*
P2281. Perdre est une question de méthode, *Santiago Gamboa*
P2282. Le Rocher de Montmartre, *Joanne Harris*
P2283. L'Enfant du Jeudi noir, *Alejandro Jodorowsky*
P2284. Lui, *Patrick Besson*
P2285. Tarabas, *Joseph Roth*
P2286. Le Cycliste de San Cristobal, *Antonio Skármeta*
P2287. Récit des temps perdus, *Aris Fakinos*
P2288. L'Art délicat du deuil
Les nouvelles enquêtes du juge Ti (vol. 7)
Frédéric Lenormand
P2289. Ceux qu'on aime, *Steve Mosby*
P2290. Lemmer, l'invisible, *Deon Meyer*
P2291. Requiem pour une cité de verre, *Donna Leon*
P2292. La Fille du Samouraï, *Dominique Sylvain*
P2293. Le Bal des débris, *Thierry Jonquet*
P2294. Beltenebros, *Antonio Muñoz Molina*
P2295. Le Bison de la nuit, *Guillermo Arriaga*
P2296. Le Livre noir des serial killers, *Stéphane Bourgoin*
P2297. Une tombe accueillante, *Michael Koryta*
P2298. Roldán, ni mort ni vif, *Manuel Vásquez Montalbán*
P2299. Le Petit Frère, *Manuel Vásquez Montalbán*
P2300. Poussière d'os, *Simon Beckett*
P2301. Le Cerveau de Kennedy, *Henning Mankell*
P2302. Jusque-là… tout allait bien !, *Stéphane Guillon*
P2303. Une parfaite journée parfaite, *Martin Page*
P2304. Corps volatils, *Jakuta Alikavazovic*
P2305. De l'art de prendre la balle au bond
Précis de mécanique gestuelle et spirituelle
Denis Grozdanovitch
P2306. Regarde la vague, *François Emmanuel*
P2307. Des vents contraires, *Olivier Adam*
P2308. Le Septième Voile, *Juan Manuel de Prada*
P2309. Mots d'amour secrets.
100 lettres à décoder pour amants polissons
Jacques Perry-Salkow, Frédéric Schmitter
P2310. Carnets d'un vieil amoureux, *Marcel Mathiot*
P2311. L'Enfer de Matignon, *Raphaëlle Bacqué*

P2312. Un État dans l'État. Le contre-pouvoir maçonnique
        Sophie Coignard
P2313. Les Femelles, *Joyce Carol Oates*
P2314. Ce que je suis en réalité demeure inconnu, *Virginia Woolf*
P2315. Luz ou le temps sauvage, *Elsa Osorio*
P2316. Le Voyage des grands hommes, *François Vallejo*
P2317. Black Bazar, *Alain Mabanckou*
P2318. Les Crapauds-brousse, *Tierno Monénembo*
P2319. L'Anté-peuple, *Sony Labou Tansi*
P2320. Anthologie de Poésie africaine,
        Six poètes d'Afrique francophone, *Alain Mabanckou (dir.)*
P2321. La Malédiction du lamentin, *Moussa Konaté*
P2323. L'Histoire d'un mariage, *Andrew Sean Greer*
P2324. Gentlemen, *Klas Östergren*
P2325. La Belle aux oranges, *Jostein Gaarder*
P2326. Bienvenue à Egypt Farm, *Rachel Cusk*
P2327. Plage de Manacorra, 16 h 30, *Philippe Jaenada*
P2328. La Vie d'un homme inconnu, *Andreï Makine*
P2329. L'Invité, *Hwang Sok-yong*
P2330. Petit Abécédaire de culture générale
        40 mots-clés passés au microscope, *Albert Jacquard*
P2331. La Grande Histoire des codes secrets, *Laurent Joffrin*
P2332. La Fin de la folie, *Jorge Volpi*
P2333. Le Transfuge, *Robert Littell*
P2334. J'ai entendu pleurer la forêt, *Françoise Perriot*
P2335. Nos grand-mères savaient
        Petit dictionnaire des plantes qui guérissent, *Jean Palaiseul*
P2336. Journée d'un opritchnik, *Vladimir Sorokine*
P2337. Cette France qu'on oublie d'aimer, *Andreï Makine*
P2338. La Servante insoumise, *Jane Harris*
P2339. Le Vrai Canard, *Karl Laske, Laurent Valdiguié*
P2340. Vie de poète, *Robert Walser*
P2341. Sister Carrie, *Theodore Dreiser*
P2342. Le Fil du rasoir, *William Somerset Maugham*
P2343. Anthologie. Du rouge aux lèvres. Haïjin japonaises.
        Haïkus de poétesses japonaises du Moyen Age à nos jours
P2344. Poèmes choisis, *Marceline Desbordes-Valmore*
P2345. «Je souffre trop, je t'aime trop», Passions d'écrivains
        sous la direction de Patrick et Olivier Poivre d'Arvor
P2346. «Faut-il brûler ce livre ?», Écrivains en procès
        sous la direction de Patrick et Olivier Poivre d'Arvor